Theodor Puschmann

Richard Wagner: Eine psychiatrische Studie

Theodor Puschmann

Richard Wagner: Eine psychiatrische Studie

Unveränderter Nachdruck der Originalausgabe von 1873.

1. Auflage 2024 | ISBN: 978-3-38633-340-5

Antigonos Verlag ist ein Imprint der Outlook Verlagsgesellschaft mbH.

Verlag: Outlook Verlag GmbH, Zeilweg 44, 60439 Frankfurt, Deutschland, info@outlook-verlag.de
Vertretungsberechtigt: E. Roepke, Zeilweg 44, 60439 Frankfurt, Deutschland
Druck: Libri Plureos GmbH, Friedensallee 273, 22763 Hamburg, Deutschland

RICHARD WAGNER.

EINE PSYCHIATRISCHE STUDIE

VON

DR. TH. PUSCHMANN,

PRAKT. ARZT UND SPEZIALIST DER PSYCHIATRIE IN MUENCHEN.

ZWEITE AUFLAGE.

BERLIN,

B. BEHR'S BUCHHANDLUNG.

1873.

„Das Genie ist der Bruder des Wahnsinns" ist eine
etwas triviale Phrase, die aber sehr viele Wahrheit enthält. Wir finden in derselben Familie neben
vollständigem Irrsinn häufig berühmte Genies, be-
kannte Celebritäten in Kunst und Wissenschaft. Bei
beiden liegt eine leichtere Erregbarkeit der cerebralen Prozesse zu Grunde; es kommt nur auf Erziehung, auf innere und äussere Lebensverhältnisse
des Individuums an, ob seine psychische Constitution
dasselbe im Irrenhause begräbt oder mit der Unsterblichkeit des viel bewnnderten Genius schmückt.

Die innere Verwandschaft des Genies und des
Wahnsinns *) ist so evident, dass ein bekann-
ter französischer Psychiater (Moreau de Tours) sich
sogar zu der extravaganten Behauptung verstieg,
dass ein krankhafter Zustand des Nervensystems
Bedingung für das Genie sei. In dieser Form ist
der Ausspruch ganz entschieden unrichtig. Ein kran-
kes Gehirn ist unfähig, wahrhaft Grosses zu schaffen,
weil ihm die Ruhe, das richtige Abwägen, die eben-
mässige Harmonie mängelt, welche dazu nothwendig

---

*) Diese Bezeichnung hat hier wie im Folgenden selbst-
venständlich nicht die Bedeutung einer bestimmten psychischen
Diagnose (Monomanie), sondern dient nur als der allgemeine
Ausdruck für Psychose, wie wir für unsere Fachkollegen be-
merken. D. Verf.

sind, eben so wenig wie überhaupt ein Organ im körperlichen Organismus, wenn es krank ist, eine normale, geschweige denn eine excessive Thätigkeit entwickeln kann.

Die Grenzen zwischen dem Genie und dem Wahnsinn lassen sich theoretisch scharf und klar bestimmen, wenn sie auch im concreten Falle schwer, ja zuweilen sogar unmöglich zu finden sind, weil sie sich im Individuum häufig verwischen und in einander übergehen. Beide weichen ab von dem gewohnten Geleise der Alltäglichkeit, beide schlagen neue unbetretene Bahnen ein; sie brechen mit den geltenden Anschauungen ihres Zeitalters und sind originell in ihrem ganzen Denken, Fühlen und Handeln.

Aber das Genie wird gegen die Mängel seiner Zeit kämpfen, weil es dieselben mit Bewusstsein, Klarheit und innerer Ueberzeugung erfasst und erkannt hat; weil es in sich die Fähigkeit und die Kraft fühlt, sie abzustellen und den ringenden Menschengeist um ein Entwickelungsstadium vorwärts zu bringen.

Das Genie ist der Signalschuss des kommenden Jahrhunderts; es verraucht und vergeht freilich meist unbeachtet und nur Wenige haben das Zeichen gehört und verstanden und folgen dem Rufe, der in ihrer Brust sein Echo gefunden; es kann um so weniger begriffen werden, je grösser es ist, je mehr es seine Mitmenschen überragt. Es befruchtet seine

Zeit mit neuen Ideen, aber erst die kommenden Generationen heimsen die Erndte ein.

Anders verhält es sich mit dem Irren. Wenn dieser aus dem Rahmen des Alltagslebens tritt und sich in Zwiespalt mit den herrschenden Meinungen setzt, so hat er dabei nicht ein klares bestimmtes Ziel einer Reform zum Besseren im Auge; er kennt nicht die Fehler seiner Zeit oder sucht sie auf andern Gebieten.

Das Genie geht andere Wege als die übrigen Menschen, weil es in sich das beglückende Bewusstsein, die innere Ueberzeugung trägt, dass sein Handeln das Höchste und Erhabenste, die Veredelung, die geistige und sittliche Vervollkommnung des Menschengeschlechtes anstrebt, dass es der Welt von Nutzen werden und deshalb einst unfehlbar die gebührende Anerkennung finden muss. Sein Handeln trägt den Charakter der Ruhe, Ueberlegung und Selbstlosigkeit; sein Ich zieht sich schüchtern vor den grossen gewaltigen Ideen zurück, welchen nur eine Welt Raum genug zu geben vermag. Das Individuum weicht der Gesammtheit; das echte Genie kennt nicht die kleinlichen Wünsche und Rücksichten, welche das Leben der Alltagsmenschen erfüllen; es denkt zu gross, um nur an sich zu denken, weil es weiss, dass in kommenden Zeiten sein Individuum vergangen und sein Name, wenn er zugleich mit seinen Werken fortlebt, nur die Signatur einer Entwickelungsepoche sein wird.

Die Thätigkeit des Irren dagegen ist rein indi-
viduell; er lebt nur für sich und seine Interessen.
Verletzte Eitelkeit, unbefriedigte Leidenschaften,
krankhafte Sensationen haben in ihm den Conflikt
hervorgerufen, einen Conflikt, der durch sein Handeln noch gesteigert und zum gähnenden Abgrund
wird, der ihn begräbt. — Planlos und wirr, rücksichtslos alle Gesetze des Staates der Familie und
der Gesellschaft negirend, erscheinen seine Handlungen ungeregelt, triebartig, gewaltthätig.

Die Motive zur Thätigkeit beim Genie und beim
Wahnsinnigen sind total verschieden; sie verhalten
sich, wie ein berühmter Irrenarzt (Maudsley) sagt,
wie das natürliche Hungergefühl des gesunden Organismus zu dem verkehrten Appetit einer Hysteri-
schen nach Unrath und Koth.

Wer nicht die innersten Falten des Herzens er-
forscht und die in der Tiefe schlummernden Motive
zu ergründen strebt, wer nur an der seichten Ober-
fläche, an der äusseren Erscheinung des Menschen
haften bleibt und das Material zu seiner Beurtheilung
aus dessen Gewohnheiten, Benehmen und Haltung
schöpft, der dürfte wohl manchen Genius für einen
Narren, manchen Narren für einen weisen Mann
erklären. „Das Genie ist, wie Göthe sagt, mit seiner
Zeit nur durch seine Mängel verbunden"; der Geniale
zeigt zuweilen wie der Irrsinnige gewisse Sonderbar-
keiten und Excèntricitäten in seinem Aeussern, welche
zwecklos und unnütz nur einer launenhaften Grille

ihre Existenz zu verdanken scheinen: es sind dies gleichsam die Schlacken, welche der Genius bei seinem Klärungsprozess abwirft.

Es ist eine traurige Thatsache, dass gerade die Genies nnd namentlich die Poëten und Künstler unter ihnen, häufig dem Irrsin verfallen. Wir erinnern an Torquato Tasso, William Cowper, Nicolaus Lenau, R. Schumann, B. Davison u. A. Die Melancholie ist ein Erbtheil der Genies, wie schon Aristoteles bemerkt; der fortwährende Kampf, den das Ich mit der umgebenden Aussenwelt zu bestehen hat, das Bewusstsein der eigenen Ohnmacht gegenüber der rohen physischen Uebermacht der grossen Masse, das Gefühl des inneren Werthes der eigenen Ideen, welche vergeblich den Wust der Vorurtheile zu beseitigen und das Licht einer neuen besseren Zeit zu verbreiten streben: alles dies hemmt zuweilen den kühnen Flug des Genius und macht seine Kraft erlahmen.

Bei der leichteren Reizbarkeit der cerebralen Elemente, welche Bedingung ist für das Genie, können unvorhergesehene, ausserordentliche Ereignisse schwere Schicksalsschläge, körperliche Krankheiten und andere Umstände ein plötzliches Uebersringen in die negative Sphäre veranlassen und zu gänzlicher Verrückung der psychischen Prozesse führen, und es wird dies unter solchen Verhältnissen um so leichter und eher geschehen, je mehr die psychische Constitution des Individuums durch Entbehrungen, Noth

und Mühen oder durch Leidenschaften, Ausschweifungen und Laster geschwächt, je mehr diese Schwäche
durch eine hereditäre Prädisposition zu Geisteskrankheiten begünstigt wird, und je weniger die Erziehung
geeignet und befähigt war, eine gewisse gleichmässige
Harmonie der einzelnen Kräfte des Geistes, der Gefühle und des Verstandes zu wecken und zu be-
festigen.

Die Alten kannten einen furor poeticus; und in
der That hat die Art, wie der Dichter, der Künstler
seine grossen weltumfassenden Gedanken, gleich wie
Plato seine überhimmlischen Ideen, ihm selbst un-
bewusst, durch „Inspiration“, von den in ihm wohnen-
den Gotte, empfängt, jene Gedanken, deren welt-
historische Bedeutung und Tragweite er selbst erst
ganz erfasst, wenn sie als reife Frucht in seinem
Schoosse liegen, etwas von der normalen Geistesthätigkeit durchaus Abweichendes. Nicht durch in-
trospectives Durchforschen des eigenen Bewusstseins,
nicht durch Nachdenken und strenge Schlussfolge-
rungen erlangt der Künstler seine idealen Gedanken;
sondern sie tauchen plötzlich, ihm selbst unerklärlich,
aus der Sphäre des Unbewussten, wie Ed. v. Hart-
mann es bezeichnet, auf und überschreiten die
Schwelle des Bewusstseins. Mögen die unbewussten
Elemente im Innern des Menschen schon längst
schlummern und nur des Wortes harren, das sie zum
Leben weckt, mögen sie aus der Masse der durch
Erfahrung errungenen Geistesschätze durch eine

verklärte Phantasie plötzlich herauschristallisirt werden: das sind Räthsel, deren geheimnissvollen Schleier unsere heutige Wissenschaft nicht im Stande ist zu lüften.

Es erschienen uns diese flüchtigen Bemerkungen über die charakteristischen Unterschiede des Genies und des Wahnsinns nothwendig, damit der Leser durch Vergleiche und Schlüsse leichter im Stande ist, sich ein richtiges Bild von dem inneren Geistesleben des Mannes zu machen, mit dem wir es hier zu thun haben.

Der Zweck dieser Brochüre ist durchaus kein tendenziöser; wir stehen jeder Partei fern und gehören weder zu den Anhängern, noch zu den Gegnern Richard Wagner's. Wir haben niemals zu ihm weder in politischen noch in künstlerischen Beziehungen gestanden und sind deshalb mehr wie Andere in der Lage, uns jene Objektivität des Urtheils zu bewahren, welche das Haupterforderniss einer wissenschaftlichen Arbeit sein muss.

Wenn wir im Folgenden weniger den Künstler als den Menschen berücksichtigen, so liegt dies in dem Zwecke unserer Arbeit. Unparteiisch und gerecht werden wir nur mit Thatsachen rechten und uns jeder tendenziösen Färbung und Ausschmückung derselben enthalten.

Man wird es uns vielleicht zum Vorwurf machen, dass wir eine so delicate Frage, ob ein Mensch, der mit und unter uns lebt, geisteskrank sei, öffentlich erörtern, um so mehr, wenn es sich um einen **Mann** handelt, dessen Werke zum Theil gross und unerreicht dastehen. Es bedarf dies einiger Worte der Rechtfertigung unsererseits. —

Herr Wagner hat, durch sein Genie und durch aussergewöhnliche Glücks-Umstände emporgewirbelt, eine culturhistorische Bedeutung erlangt; er ist der Führer, der Name für eine krankhafte Bewegung, welche in unseren Tagen immer mehr Terrain zu erobern droht. Sie ist es, nicht die Person Wagner's, welche wir schlagen wollen. Hat demnach die rücksichtslose Art, mit der wir den persönlichen Charakter Wagner's besprechen werden, der Person gegenüber etwas Hartes und Herzloses, so trösten wir uns mit dem Gedanken, dass sie vielleicht für Manchen seiner Anhänger sehr nützlich und heilsam sein wird, indem sie ihn von einem Wege abbringt, der zum Verderben und geistigen Ruin führen muss Kein Arzt wird säumen ein Glied, in welches der Brand gekommen, zu amputiren, bevor er den ganzen Organismus ergreift. Bereitet die Operation auch dem Organismus Schmerzen, so wird sie doch durch die Rücksicht auf die Gesammtheit unerbittlich gefordert. Auch der Person Wagner's hoffen wir mit unserem Spiegel einen Dienst zu leisten; für Krankheit, welche ein Unglück, aber keine Schande ist, giebt es Heilung und Genesung. —

Richard Wagner wurde geboren zu Leipzig den 22. Mai 1813. Sein Vater, ein Polizei-Aktuarius, starb schon ein halbes Jahr nach seiner Geburt. Unter der Leitung seines Stiefvaters L. Geyer, welcher Maler und Schauspieler war, und nach dessen frühem Tode unter der seiner Mutter wuchs der Knabe zum Jüngling heran, ohne dass er sich klar wurde, welchen Beruf er einst wählen solle.

Auf der Schule errang er nicht diejenigen Erfolge, welche man von seinem lebhaften, Alles leicht und rasch erfassenden Geiste erhofft hatte. Es fehlte ihm die Ruhe, die Ausdauer, die Beständigkeit im Lernen; er war zu veränderlich, zu flatterhaft, um irgend ein vorgeschriebenes Ziel zu erreichen. Anstatt den Cornelius Nepos zu traktiren, schrieb er lieber lange schwülstige Trauerspiele; anstatt den Clavierstunden Fleiss und Aufmerksamkeit zu schenken, trieb er lieber irgend eine nutzlose Tändelei.

Endlich brach sich der in ihm wohnende Genius Bahn und führte ihn auf das Feld, auf dem er einst Grosses schaffen sollte.

Während er mit den Sorgen des Lebens rang, labte er sich an den hehren reinen Genüssen, welche ihm das Studium der Werke der grossen Heroen seiner Kunst bot. In verschiedenen Stellungen, welche er bis 1839 bekleidete, erwarb er sich die praktische Befähigung und technische Brauchbarkeit, welche zum Leben der Kunst ebenso gehören, wie die Idealität, welche ihr die Weihe geben. Nachdem er dann einige Jahre in Paris gelebt, wo er die Entwürfe zum „fliegenden Holländer" und zum

„Rienzi" vollendete und nebenbei einige kleine schriftstellerische Arbeiten lieferte, kehrte er im Sommer 1842 nach Deutschland zurück.

„Rienzi", der bald darauf in Dresden zum ersten Male aufgeführt wurde, errang den ungetheiltesten Beifall und verschaffte dem jungen Componisten die Stellung eines K. S. Hof-Kapellmeisters.

Wonach Wagner so lange gelechzt: er hatte es erreicht. Er sah sich geachtet und bewundert und hatte die erste Stufe der Leiter erklommen, welche ihn zur Unsterblichkeit führen sollte.

Aber der erste Erfolg gebar nicht sofort den zweiten. Nicht überall fand „Rienzi" so enthusiastische Aufnahme und Bewunderung wie in Dresden; Missgunst, Neid, Gehässigkeit und bornirter Hochmuth suchten sein Talent zu tödten, und seinen Ruhm zu begraben. Auch der „fliegende Holländer" hatte nicht den Erfolg, den der Künstler von ihm zu erwarten berechtigt war; selbst sein unsterbliches Meisterwerk, der „Tannhäuser" blieb unverstanden und liess das Publikum kalt, woran wohl die mangelhafte Aufführung die grösste Schuld tragen mochte. Alles Streben des Künstlers schien vergebens und fruchtlos seine Mühen, seinen Werken die verdiente Anerkennung und Würdigung zu verschaffen.

Die Enttäuschungen mehrten sich und umschleierten immer mehr den reinen Himmel seiner Hoffnungen, wie er ihn geträumt an jenem Abende, als ihn die Gunst des Publikums auf die lichtvolle Höhe einer ruhmreichen Zukunft gehoben hatte. Nirgends fand er einen Trost für die vielen Bitterkeiten, welche er täglich hinabschlucken musste.

Das niederdrückende Gefühl seiner ungünstigen äusseren Lebensverhältnisse, dazu der Zwang einer unglücklichen Ehe vermehrte seine Misstimmung und seinen Hass gegen die nüchterne praktische Wirklichkeit, die so wenig mit der idealen Traumwelt übereinstimmte, die in seinem Herzen lebte. Er forschte nach den Gründen für den furchtbaren Zwiespalt, für die entsetzliche Unruhe, die ihn rastlos von Ort zu Ort trieb und ihm doch nirgend Befriedigung bot, aber er suchte und fand sie nicht in sich selbst, sondern in den ihn umgebenden Aussenverhältnissen, in ünsern dem Idealismus abgewandten socialen und politischen Zuständen.

Das Sturmjahr 1848 kam und Wagner warf sich mit feuriger Begeisterung in den Strom der Revolution, dessen Wellen über ihm zusammenschlugen. Von dem Umsturz aller Verhältnisse hoffte er auch für sich Erlösung von dem qualvollen Seelenzustande, der ihn der Verzweiflung nahe brachte.

Wie so viele Idealisten, welche damals auf den Barrrikaden für die Freiheit kämpften, hatte auch Wagner vergessen, dass der Sieg der revolutionären Bewegung nicht eine Verwirklichung ihrer Ideale bringen konnte, und dass dem flüchtigen Rausche einer geträumten Freiheit der nakte blutige Realismus folgen müsse. Als die Reaktion kam, musste

Wagner ins Ausland gehen, da er sich politisch zusehr compromittirt hatte, als dass eine Rückkehr zu den bisherigen bürgerlichen Verhältnissen möglich gewesen.

Geächtet und vertrieben floh er zunächst zu seinem Freunde Liszt nach Weimar, der ihn mit den nöthigen Geldmitteln und Empfehlungen versah, so dass er sich nach Paris begeben konnte. Ihm übergab Wagner beim Abschiede sein künstlerisches Testament und ihm verdankte er es, dass die politische Reaktion nicht auch die Werke des Künstlers mit dem Brandmale der Vergessenheit bedeckte.

Während Wagner in der Verbannung hoffnungslos und heimathlos, in düsterer Schwermuth umherirrte, erwarb ihm der Freund im deutschen Vaterlande Sympathien und Freunde. Meisterhaft verstand es Liszt, die Werke des mit ihm durch innige Seelen-Verwandschaft Verbundenen zur Aufführung und dem Publikum zum Verständniss zu bringen. Durch ihn wurde Tannhäuser jene lebensvolle frische sympathische Gestalt, wie wir sie lieben und bewundern gelernt.

Nachdem sich Wagner von den furchtbaren Schicksalsschlägen, welche seine Träume und Hoffnungen auf so entsetzliche Weise zerstört, erholt hatte, begann er, durch die Erfolge, welche der „Tannhäuser“ unterdessen in Deutschland errungen, neu belebt, wieder Neues zu schaffen. Er vollendete den „Entwurf zum Lohengrin“, mit dem er den Zenith seines künstlerischen Ruhmes erreichen sollte.

Paris hatte er wieder verlassen und war nach der Schweiz übersiedelt, wo er in Zürich bei einem reichen aufopferungsfähigen Freunde die herzlichste Aufnahme fand. Viele Jahre verlebte er dort, Jahre, welche wenig reich an künstlerischem Schaffen waren, bis die Thronbesteigung des König Ludwig II. von Bayern ihm neue Hoffnungen auf glänzendere Lebensverhältnisse bot.

Der königliche Jüngling, der durch den frühen Tod seines Vaters Maximilian schon im Alter von 18 Jahren auf den Thron gelangt war, zeigte eine jugendlich schwärmerische Begeisterung für alles Grosse, Edele und Schöne, und das ernste Streben, die erhabenen Ideale, welche in seiner Brust glühten, zu verwirklichen; mit einer wahrhaft hinreissenden Schönheit der äusseren Gestalt verband er eine solche Keuschheit und Reinheit der Seele, wie sie wohl der kostbarste und seltenste Edelstein auf einem Throne ist.

Seine Erziehung war, verschieden von derjenigen, wie sie den Prinzen anderer Länder zu Theil wird, nur auf die Veredelung seines besseren Selbst, auf die Entwickelung seiner schönen Menschlichkeit bedacht gewesen; nicht in rohen Kampfesspielen, sondern im fleissigen Studium der grossen Geistesschöpfungen, welche die Literatur der vergangenen Zeiten uns aufbewahrt, war seine Jugend verflossen.

Der junge Herrscher betete täglich zum Höchsten, dass es ihm gelingen möge, sein Volk glücklich zu machen und ihm die Güter zu bescheeren, die ihm wahrhaft frommen, die Güter des Friedens. — Sein reges Interesse für Kunst und Wissenschaft machte ihn bekannt mit allem Grossen und Erhabenen, was die Menschen je geschaffen.

Er liebte vor allem die Musik, in deren Tönen sich seinem phantasiereichen Geiste eine neue ungekannte Welt von Gefühlen erschloss. Auch die Wagner'schen Opern hatte er gesehen und mit entzückter Begeisterung ihren Klängen gelauscht.

Als sich ihm Wagner, der von dem gewaltigen Eindrucke gehört hatte, den seine Werke auf den König gemacht, vorstellte, war er kein Unbekannter, sondern wurde mit der liebenden Verehrung empfangen, wie sie der schwärmerische Jüngling dem bewunderten Meister entgegenträgt. Wagner trat dem jungen Fürsten mit jener imponirenden Sicherheit entgegen, welche auf das weiche empfindsame Wesen des Königs einen wohlberechneten Eindruck machte.

Er ward ein rasch emporsteigendes Gestirn an dem Himmel der königlichen Gnade, ein Stern, dessen Glanz bald alles Andere überstrahlte und zuletzt sogar die Sonne zu verdunkeln strebte, von welcher er Licht und Leben erhielt. Er gewann bald einen grossen Einfluss auf den König und ward der mächtigste Günstling am Hofe.

Aber der so viel bewunderte Mann benützte die

ihm von einem wohlwollenden Geschick verliehene
Macht nicht, seinen Mitmenschen zu helfen, Gutes
zu thun und Grosses zu schaffen; er rechtfertigte
nicht das Vertrauen seines königlichen Gönners, er
erfüllte nicht die Hoffnungen, welche die Kunst auf
ihren begabten Jünger gebaut. Auf den weichen
Sammet-Fauteuils des königlichen Palastes überliess er sich einer wollüstigen schlaffen Ruhe; er
sonnte sich behaglich in den Huldigungen, welche
der Ruhm der Vergangenheit ihm erworben, aber
er schuf nichts mehr, wenigstens nichts Bedeutendes
mehr, was nach dem „Lohengrin“ des grossen Meisters
würdig gewesen wäre. Er zehrte an den Residuen,
welche die phantasiereichen Ideen seiner Jugend in
seinem Gehirn zurückgelassen und suchte sie müh-
sam wieder hervor, um sich doch wenigstens den
Schein der Productivität zu retten, da er sie doch
in Wirklichkeit schon nicht mehr besass.

Seine Arbeiten der letzten Jahre tragen durch-
weg den Stempel einer geistigen Mittelmässigkeit,
einer flüchtigen Unfertigkeit und wilden Zerrissenheit; die „Meistersinger“, „Tristan und Isolde“,
„Rheingold“ etc., sie erreichen nicht im Entfernte-
sten die geistige Höhe, jenen inneren Adel, der
über seinen früheren Werken ausgegossen ist; sie
sind sowohl nach Inhalt wie nach Form, in Wort
und Ton, unschön, zerfahren, verwahrlost. Die
Welt hat in richtigem Instinkt ihr Urtheil ge-
fällt; während der „Lohengrin“ und „Tannhäuser„

sich einen Platz in dem Herzen des Volkes errungen haben, sind seine neueren Arbeiten schon begraben, ehedem sie noch Leben gewannen. Wenn Wagner einst mit Unrecht den „Rienzi" eine „künstlerische Jugendsünde" nannte, so möchten wir wohl wissen, welches Urtheil er über seine neuesten Geistesproducte fällt. Es schien, als ob der Künstler in ihm gestorben, und nur ein ehrgeiziger, herrschsüchtiger Höfling übrig geblieben sei.

Der künstlerische Ruhm dünkte seinem leidenschaftlichen Ehrgeize zu gering; er wollte auch Bewunderung erndten auf Gebieten, von denen er nichts verstand. Er wandte sich wieder der Politik und Philosophie zu und schuf Völkerbeglückungs-Theorien, welche im Irrenhause entstanden zu sein schienen und vernünftigen Männern ein mitleidiges Lächeln entlockten. — So nahe dem Throne, und er sollte nicht herrschen? — Das Glück, der Freund eines Königs und zwar des Edelsten und Besten aller Fürsten zu sein, war ihm nicht genug. Die Zeit, als Reformator des Volkes aufzutreten und die kindischen Thorheiten seiner Jugend auszuführen, schien ihm gekommen; die königliche Gunst schuf ihm viele Anhänger am Hofe und bald sah er sich als das Haupt einer mächtigen Partei, welche ihren Einfluss aber nicht nur in künstlerischen Dingen, sondern auch in der Politik geltend zu machen suchte.

Rücksichtslos und nie verlegen um die Mittel,

beseitigte er Alles, was ihm im Wege Stand; hoch-
verdiente Männer mussten seinen Creaturen weichen,
und immer mehr wuchs die Wagner-Partei, immer
mächtiger wurde sein Anhang. Unbekümmert
sprach er den Gesetzen der Humanität und Moralität
Hohn; in rücksichtslosester Weise trat er die heiligsten Gefühle der Freundschaft und Liebe mit
Füssen. Immer mehr erblasste der Glanz seines
Namens, immer mehr schwand die Achtung vor
seiner Person und machte dem Widerwillen Platz,
welchen seine das sittliche Bewustsein des Volkes
auf's gröbste verletzenden Handlungen erzeugten.
— Ist das der grosse Künstler? Ist das unser geliebter und bewunderter Meister, der die zartesten,
edelsten, heiligsten Gefühle anzuregen, die schönsten
Träume zu erwecken, die süssesten Hoffnungen zu
beleben verstand, mit dem wir in Thränen und
Lächeln zusammenflossen, mit dem wir litten und
frohlockten? — — O nein! Das ist, das kann nicht
Derselbe sein. Jener Wagner, den wir liebten, ist
todt, ist gestorben mit dem Schwanenliede im
„Lohengrin"; — die Gestalt, die wir jetzt vor uns
sehen, ist ein unglücklicher, geistesschwacher Greis,
dem wir mitleidig lauschen, wie er mit Mühe seine
dürftigen Erinnerungen an den dahingeschiedenen
Meister hervorsucht. —

Und in der That, wer mit Unbefangenheit,
Nüchternheit und Gerechtigkeit den Wagner von
Einst mit dem von Jetzt vergleicht, der wird zu

dem Resultat kommen, dass beide unendlich verschieden, dass mit ihm eine ungeheure Veränderung in psychischer Beziehung vorgegangen sein muss. Wir glauben den Manen des grossen Künstlers einen Dienst zu erweisen, wenn wir sie vor der Verachtung bewahren, welche die Handlungen des unter uns lebenden Menschen, der seinen Namen trägt, auf sich geladen. Wir werden aber auch dem Letzteren gerecht werden, wenn wir ihm das harte Urtheil der Welt mildern, und ihm anstatt des Hasses und der Verachtung das Mitleid der Menschen erobern.

Wir sind allmählich zu der Ueberzeugung gelangt, dass Richard Wagner nicht mehr in der normalen Breite der geistigen Gesundheit wandelt, und werden unsere Ansicht durch eine Menge von Thatsachen zu begründen suchen.

Herr Wagner leidet an einer alles Maass und Ziel überschreitenden Selbst-Ueberschätzung, an einer wirklich krankhaften Eitelkeit und Selbst-Ueberhebung, welche ihn blind macht gegen die Verdienste Anderer und ihn sich als das allein verkörperte Ideal des höchsten Wissens und Könnens betrachten lässt. Die grössten Meister seiner Kunst verschwinden vor seinen Augen in ein Nichts; die „namhaften Musiker" Mozart, Gluck u. A. haben ihre culturhistorische Bedeutung und Berechtigung nur insoweit, als sie ihm als Vorläufer dienten und selbst der unsterbliche Beethoven verdiente höchstens als Staffel genannt zu werden, auf dem das

Standbild des „ grossen Meisters für alle Zeiten “ Richard Wagner's zu stehen kommt. Nach ihm kann es eine weitere Fortentwickelung der Kunst nicht mehr geben, da er bereits das Höchste und Vollkommenste repräsentirt. In allen seinen Worten und Handlungen liegt ein so maassloser Dünkel, eine so beispiellose Arroganz, ein so zügelloses Ausschweifen des unbegrenzten Wollens, dass wir sie entschieden in das Gebiet des Krankhaften zu verweisen berechtigt sind. —

Der wahrhaft grosse Mann wartet zufrieden, im Bewusstsein des inneren Werthes, bescheiden der Zeit, die seinen Ideen Geltung verschaffen wird. Wagner hatte das seltene Glück, schon zu seinen Lebenszeiten die Anerkennung und Verehrung zu erndten, welche sonst nur den Todten zu Theil wird; es wurden ihm Ehren erwiesen, wie nie einem anderen Künstler vor ihm.

Aber dies Alles genügte seinem unersättlichen Ehrgeize nicht; die Welt sollte knieend und anbetend zu seinen Füssen liegen und ihm Weihrauch streuen, wie einem Gotte. Schriftlich und mündlich beklagt er sich, dass man seine Verdienste nicht gebührend anerkenne, dass man ihm ungerechte Zurücksetzungen und Kränkungen bereite, dass man ihn systematisch verfolge und zu vernichten strebe. In alle Welt posaunt er seinen Ruhm, Jedem schreit er in's Ohr, dass er der grösste Mann, das Genie des Jahrhunderts sei. In der brutalsten

Weise greift er andere Componisten an, weil ihn der verächtlichste Neid auf den Ruhm Anderer beseelt und ihn die Gesetze des Anstandes übertreten heisst. Bannflüche und Verwünschungen schleudert er auf die schlechte Presse, auf die Juden und auf alle Diejenigen, welche nicht an seine Unfehlbarkeit glauben.

Wer die Vorrede zu seinen Ges. Werken (Leipzig 1871) liesst, ist erstaunt über das schrankenlose Selbstgefühl, mit dem sich Wagner selbst glorificirt. Er konnte nicht, schreibt er, wie andere grosse Männer den Biographen finden, der mit Verständniss sein Leben und seine Thaten „aus Pietät“ zu beschreiben und schildern vermochte; deshalb müsse er selbst sein eigener Biograph werden. Er fühle den Vorwurf, den man ihm deshalb machen werde, aber, „er könne ihn nicht entkräften.“ Denn „es liegt ihm zuviel an seinen literarischen Aufzeichnungen, als dass sie der Vergessenheit anheimfallen dürfen.“ „Andere konnten das nicht sagen, fährt er fort, was gerade mir eingegeben war.“ „Es musste mir also klar werden, dass den mir bei meinem Kunstschaffen aufgegangenen Einsichten eine weitergehende Bedeutung innewohne, als sie etwa nur einer problematisch dünkenden künstlerischen Individualität beizulegen ist.“ — Dadurch, dass er die Erklärung zu seinen Werken schreibt, geschieht „eine Neugeburt der Kunst selbst, die jetzt nur als ein Schatten der eigentlichen Kunst vorhanden ist, welche dem Leben abhanden gekommen"; er giebt dadurch seinen Lesern „einen hoffnungsvollen Aufblick zu den dem deutschen Geiste vorbehaltenen Möglichkeiten." (Beachtenswerther Styl!) — „Gerade ich, schreibt er a. a. O., besitze unter allen mir bekannten Musikern die bedeutendste praktische Erfahrung auf dem Felde der musikalischen Dramaturgie und das unbestrittene Geschick in der Anwendung dieser Erfahrung." — In dem Manifest, welches er vor der ersten Aufführung des „Tristan" erliess, welche nur für eine kleine Anzahl von Freunden und Eingeweihten stattfand, heisst es: „Dann erst wird sich zeigen, ob auch das grosse Publikum reif ist, das Beste und Edelste zu empfangen, was die Kunst je geschaffen." —

In seine Ges. Werke hat er eine Menge unbedeutender Kleinigkeiten und schriftstellerischer Versuche aufgenommen, weil Alles, was ihn betrifft, den „phantasiereichen produktiven Künstler, das sogen. Genie", wie er sich selbst nennt, wichtig und bedeutend ist und die Unsterblichkeit verdient.

Wer sich die Mühe nimmt, seine Werke durchzulesen, wird fast auf jeder Seite derartigen Ausbrüchen schrankenloser Selbst-Ueberschätzung begegnen. Aber ebenso anmassend ist er auch im Verkehr, im gewöhnlichen Leben; mit verletzender Herablassung behandelt er alle Diejenigen, welche mit ihm in nähere Berührung treten. Wer erinnert sich nicht jenes Auftrittes in der königlichen

Hofloge in München, welcher im Beisein des liebenswürdigen Fürsten stattfand, und der das ganze anwesende Publikum mit gerechter Entrüstung erfüllte? —

Ueberall errichtet er sich selbst Altäre, auf denen seine Anhänger seinem Cultus Opfer bringen müssen. Wehe ihnen, wenn sie nicht ganz mit Leib und Seele ihm angehören, wenn sie es wagen, anderen Grössen ebenfalls gebührende Achtung und Gerechtigkeit zu zollen oder wenn sie in ihrer Verehrung für ihn den Menschen vom Künstler ausschliessen. „Als meine Freunde, schreibt er (Ges.-W. B. IV., 288) können nicht Diejenigen gelten, welche vorgeben, mich wohl als Künstler zu lieben, als Menschen mir aber ihre Sympathien versagen. Denn beide, Künstler und Mensch, sind vereint wie Seele und Leib." — Wir bedauern dabei ebenso sehr den Künstler, der zu einer solchen Ehe verdammt ist, als seine Freunde, welche seiner Sittenlehre folgen müssen.

Aber nicht blos die Musik, auch die Malerei, Architektur etc., genug alle Künste der Welt vermeint Wagner mit seiner genialen Omnipotenz zu umfassen, alle will er zur höchsten Vollendung bringen in dem „Kunstwerke der Zukunft". Er ist der grosse Reformator, der Martin Luther, der Bismark der Kunst, wie er sich einst nannte, welcher die wahre Kunst, welche seit den hellenischen Zeiten verloren gegangen oder vielleicht auch niemals existirt hat, neu begründen und schaffen wird.

Aber auch die Kunst dünkt seinem Alles durchschauenden Geist zu klein; er zieht auch die Philosophie, die Politik, den Staat, die Religion, die Gesellschaft in seine Zukunftspläne. Alle Gebiete des menschlichen Wissens meint er zu beherrschen; er dünkt sich ein Titan, der der Welt neue Gesetze vorschreiben, ein Heiland, ein Messias, der die Menschheit auf's Neue erlösen wird von den Gebrechen und dem Elend, in dem sie schmachtet.

Das „Kunstwerk der Zukunft" wird alle Fragen mit Leichtigkeit lösen, welche die grössten Denker seit Jahrtausenden beschäftigen. Staat und Kirche werden vergehen und das „Kunstwerk der Zukunft" wird das einzige Gesetz, „die Religion der Gesellschaft sein und wir werden dann nur eine Religion und gar keinen Staat mehr haben." (Ges. W. B. IV., 91.) —

„Der Untergang des Staates, schreibt er weiter (IV. 94), heisst so viel als der Hinwegfall der Schranke, welche durch die egoistische Eitelkeit die Erfahrung als Vorurtheil gegen die Unwillkür des individuellen Handelns sich errichtet hat." —
„Die echte Kunst ist revolutionär und ihre Wiedergeburt kann nur durch die Revolution geschehen."
— Diese Wiedergeburt ist aber erst dann möglich, wenn der Mensch den elenden Gelderwerb ver-

schmäht, den Gott der Industrie, der mit dem Dampfross durch alle Lande keucht, „verbannt und nur dem freien, starken künstlerischen Menschenthume huldigt." — Die Arbeiterbewegung ist aber „der Drang zum freien künstlerischen Menschenthume." —

Herr Julius Fröbel hat Wagner sehr treffend gekennzeichnet als den Gründer einer Sekte, welche Staat und Religion abschaffen und an ihre Stelle ein Operntheater setzen will, von dem aus er zu regieren beabsichtigt. Wagner hat ihm zwar vorgeworfen, dass er sein System nicht verstanden, indessen glauben wir eher, dass er sich selbst nicht verstanden hat.

Wer so unverdautes, unsinniges Zeug als ein weltbeglückendes Rettungswerk betrachtet wissen will, der hat sich selbst gerichtet und am deutlichsten gezeigt, ob aus ihm das bahnbrechende Genie des Jahrhunderts oder der überspannte Grössenwahn eines Irrsinnigen spricht.

Wenn auch Wagner behauptet: „Wo einst die Kunst schwieg, begann die Staatsweisheit und Philosophie: wo jetzt der Staatsweise und Philosoph zu Ende, da fängt der Künstler wieder an", so möchte wohl Niemand Thor genug sein, die politische und sociale Wiedergeburt der Gesellschaft von Wagner's Theorien zu erhoffen. —

Wagner's Auftreten und Benehmen erinnert in vielen Dingen an den vielleicht auch Manchem unserer verehrten Leser bekannten Verfasser von „Des Hauses Ehre", der in seinen Schriften sich selbst den „mit dem dreifachen Lorbeer gekrönten Dichter", den „Weltpoeten", den „erlauchten Fürsten aller Dichter" nennt. Derselbe ist nur vom Glück weniger begünstigt als Wagner, sonst finden sich zwischen beiden in ihrer geistigen Entwickelung und Anlage eine Menge Vergleichungspunkte.

Es ist der Grössenwahn ein charakteristisches Symptom einer gewissen Form der psychischen Entartung, welche häufig nur die Vorstufe zu tieferen Störungen der Geistesthätigkeit ist. Der Kranke befindet sich in einer expansiven exaltirten Stimmung, welche jene übertriebenen Selbstüberschätzungs-Ideen, jene krankhaften Wahnvorstellungen in ihm erzeugt, die ihm vorspiegeln, er sei eine ganz besonders ausgezeichnete Persönlichkeit, ein Fürst, Reformator, Welterlöser u. dgl. Von dem Gefühle des Alles am besten Wissens und Vermögens, der physischen und psychischen Omnipotenz bis zur fixen Wahnvorstellung ist nur ein kleiner Schritt, der schnell und unbemerkt gemacht wird.

„Die exaltirte Selbstempfindung äussert sich als gehobene Stimmung, als heitere Laune, zuweilen mit schwärmerischem Schwelgen in sublimen Gefühlen, sie äussert sich ferner als ein grosses Selbstvertrauen in zuversichtlichem, dreistem, eitlem übermüthigem Benehmen, wobei der Kranke bald mehr ein oberflächlich selbstgefälliges affectirtes Betragen, bald mehr einen tiefsitzenden Hochmuth und Stolz und den Gang, sich auf jede Weise Geltung zu verschaffen, zeigt" (Griesinger). — Der Kranke ergeht sich in zahllosen ausschweifenden Plänen und Projecten, deren Ausführung ihm, da er sich selbst Alles zutraut, möglich und leicht erscheint. Es braucht mit dieser Form durchaus nicht eine gänzliche Verrückung der psychischen Prozesse verbunden zu sein, wenn sich auch früher oder später die Folgen der geistigen Störung in einer allgemeinen psychischen Schwäche, in Abnahme des Gedächtnisses, Zerstreutheit und Ideenarmuth geltend machen werden.

Aber je mehr die geistige Leere zunimmt, desto ausschweifender werden zuweilen seine Phantasien, desto exaltirter der Wahn seiner geistigen Grösse. „Es ist dann freilich oft, sagt Griesinger, als ob er das hohe Ross der Prahlerei und die Stelzen der Affectirtheit nur bestiege, um damit sich selbst und Andere über die schon leise fühlbare, unaufhaltsam hereindringende Schwäche des Blödsinns zu täuschen, um durch eine Art krankhafter Arroganz die beginnende Leere und Blösse — freilich auch wieder nicht mit bewusster Absichtlichkeit — zuzudecken." Der Grössenwahn mit seinen Folgezuständen befällt vorzugsweise die intelligentesten Klassen der Gesellschaft, weil der Ehrgeiz, der Hochmuth, die wichtigste psychische Ursache desselben, gerade in den besseren Ständen die Haupt-Triebfeder alles Strebens ist, der Wurm, der nie rastet und stets am Herzen nagt. „Der Wahnsinn aus Hochmuth befällt gewöhnlich jene intelligenten Menschen, bei denen der Egoismus die ganze gemüthliche Sphäre ausgelöscht hat. Sie sind Bergen zu vergleichen, welche desto verlassener, öder und kälter werden, je höher sie sind. — Diesen bedauerungswürdigen Wesen bleibt Nichts als die Idee, die Andere sich von ihnen machen, der Name, mit dem man sie nennt — ihr Schatten. Die übertriebenen dünkelhaften Ideen, die sie sich von sichselbst machen und von welchen sie überallhin verfolgt werden, bilden den schreiendsten Contrast zu ihrer geistigen Gesunkenheit“ (Esquirol). —

Wir haben oben schon erwähnt, welche Ideen-Armuth, welche zunehmende geistige Verödung sich in den letzten Jahren bei Wagner kundgegeben hat. Alles Grosse und Schöne, was er je geleistet, ist vor und im Beginn der Fünfziger Jahre entworfen und vollendet. Seit dieser Zeit hat sich eine ohnmächtige Unproduktivität seiner bemächtigt; sein Genie ist erloschen und hat einer bedauernswerthen Geistesleere Platz gemacht. Seine Flügel sind erlahmt, der himmelanstürmende Genius ist aus seiner lichtvollen Höhe herabgefallen und pickt als ein armer kranker, sinnloses unverstandenes Zeug schwätzender, bemitleidenswerther Vogel die dürftigen Körner auf, welche er und Andere einst von sich geworfen.

Wenn sein Ausspruch: „Erst in der Ruhe des Alters gewinnen wir das Moment höchster dichterischer Fähigkeit" (IV., 95), richtig wäre, so hätte Wagner durch seine letzten Arbeiten seine geistige Anomalie selbst praktisch bewiesen.

Von seinen Anhängern und Verehrern gedrängt, wieder etwas Neues zu schaffen und die Welt wieder in Erstaunen und Bewunderung zu versetzen, sieht sich der Unglückliche, im Gefühle seiner geistigen Ohnmacht, seiner inneren Verwahrlosung, genöthigt, zu den absonderlichsten Mitteln seine Zuflucht zu nehmen. Die längst verklungenen Ideen seiner Jugend, flüchtige Entwürfe, wie sie ein begabter Mensch oft schafft und ebenso schnell als unbrauchbar wieder in den Papierkorb wirft, werden hervorgesucht, mit einer nach Originalität haschenden Menge von barocken Seltsamkeiten in Wort und Ton ausgestattet, dazu kommt eine hirnerschütternde Instrumentation und die schauerlichsten Dissonanzen, so dass, wie ein Musikkenner sagt, Gehörnerven, so dick wie die Schiffstaue dazu gehören, um aus derartigem Lärm unversehrt und heil hervorzugehen, nebst dem unerhörtesten Luxus in Decorationen und Maschinerien, wie sie eben nur die ausschweifendste Phantasie eines in Ueberschwenglichkeit schwelgenden Wahnsinnigen zu erdenken vermag: dann erklärt Wagner dies in krankhaftem Wahne für ein nie dagewesenes Kunstwerk und muthet der Welt zu, dass sie Unnatur für echte Kunst, Wahnsinn für Genie halten soll.

„Richard Wagner ist heute nichts weiter als ein wüster Contrapunktirer", lautet das treffende Urtheil einer bekannten Kunst-Celebrität.

Die „Meistersinger" wurden schon in den 40er Jahren entworfen und zwar zu einer komischen Oper; die alles ästhetische Gefühl verletzende unmotivirte Prügelei und Rauferei auf der Bühne hat für ein gebildetes Publikum nichts Sympathisches; das Drama soll idealisiren und dadurch sittlich heben und veredeln, nicht aber in den Schlamm und Schmutz des alltäglichen Lebens herabziehen. In „Tristan und Isolde" finden wir so viele Anklänge an J. Offenbach's „Schöne Helena", dass wir eine innere Geistes- und Seelen-Verwandtschaft der beiden Verfasser annehmen könnten. Was nun endlich sein „wahres Kunstwerk", den „Ring der Nibelungen", betrifft, so scheint Wagner damit wieder bei seiner ersten Ouverture angelangt zu sein, dem „Culminationspunkt seiner Unsinnigkeiten", wie er selbst erklärt.

„Man kann sich nicht erwärmen an dieser Willkür des Wunderbaren, das auf so unvermittelte Weise mit menschlichen Leidenschaften und menschlichen Schwächen durchsetzt ist", schreibt Herr A. Bayersdorfer in der „Alten Presse". Die schreiendsten Contraste werden übertäubt durch den tobsuchtähnlichen Sinnenrausch, der das Ganze beherrscht. „Die ganze moderne, üppige, volltönige, posaunende und gellende Instrumentation passt durchaus nicht zu der Lieblichkeit und dem anheimelnden Schmelz und

Duft der deutschen Sagenwelt oder passt auf diese
wie eine Grobschmiedsfaust auf das klare, veilchen-
blaue, himmelreiche Auge der geisterhaften Nixen
und Loreley's", sagt ein neuerer Musik-Schriftsteller.

Ueber den Text, den er alles Ernstes als ein
poetisches Meisterwerk betrachtet wissen will, sowie
über die sonstigen literarischen Kleinigkeiten, welche
er in den letzten Jahren geliefert hat, werden wir
noch Gelegenheit haben, uns spezieller zu ergehen.
Es liegt in Allem, was er in jüngster Zeit geschrieben, gedichtet und componirt hat, jener lächerlich-
groteske, bombastisch-phrasenhafte Zug, welcher die
innere Hohlheit um jeden Preis und sei es auch
nur durch den Schein der Originalität verdecken will.

Dass die General-Intendanzen von Berlin und
Wien, dass die gesammte unabhängige Presse derartige Geistesprodukte dorthin verwies, wohin sie
gehören, das versetzte Herrn Wagner in wüthende
Raserei. Wie die Franzosen im letzten Kriege nur
über Verrätherei und Bestechung schrieen und ihren
Gegnern die furchtbarsten Beschuldigungen in's Ant-
litz schleuderten, anstatt an ihre Schwäche, an ihre
Fehler zu denken; wie jene noch immer von dem
unbesiegten Paris faselten, als die Deutschen es bereits besetzt hatten: so weiss auch Wagner die
Erfolglosigkeit seiner letzten Arbeiten nur als die
Folge der niederträchtigen Machinationen seiner
Feinde hinzustellen und einer besonnenen vernünftigen Kritik, welche die Nichtigkeit derselben nach-

weist, mit ehrenrührigen Beschuldigungen zu antworten, sich selbst aber als das unversiegbare Genie des Jahrhunderts, sein „Kunstwerk" als das Rettungsmittel der Zukunft zu erklären, während jeder Vernünftige aus den Thatsachen schon längst die wahre Sachlage erkannt hat.

Es bildet sich bei ihm, wie dies bei Geisteskranken, welche an irgend welchen geistigen Hemmungen leiden, häufig der Fall ist, jener Verfolgungs-Wahn, der ihnen die seltsamsten, in Verbindung mit ihrer schrankenlosen Selbstüberschätzung oft lächerlichsten Wahnvorstellungen eingiebt. Dieselben dienen dem Kranken als Erklärungsversuche für den ihn marternden Widerspruch, der zwischen dem ausschweifenden überschwenglichen Wollen einerseits und der Ohnmacht, der Erfolglosigkeit seiner Handlungen andererseits liegt.

Der Inhalt der Wahn-Ideen ist nach Zeit und Ort, nach der Bildung und den individuellen Lebensverhältnissen verschieden. Während der rasende Ajax der hellenischen Mythenwelt sich von einem Gotte geschlagen, während die fromme christliche Seele des Mittelalters sich vom Teufel und bösen Hexen besessen wähnte, spielen in unserm aufgeklärten Zeitalter die Verfolgungen durch „Elektricität, Magnetismus, durch die Juden, die Presse oder durch weitverzweigte Verschwörungen" bei diesen Kranken die Hauptrolle.

Unter den Petitionen, welche alljährlich in den

Büreaus des Preuss. Abgeordneten-, sowie auch des Herren-Hauses einlaufen, figurirt beständig die eines Bürgers einer kleinen schlesischen Stadt, welcher alle Potentaten und Parlamente um Abstellung der Verfolgungen bittet, welche er von Seiten der Juden, die ihm mittelst Elektricität die Gedanken abziehen, zu erdulden hat.

Wir mussten dabei unwillkürlich an Richard Wagner denken, der an einer ähnlichen Verfolgungs-Manie zu leiden scheint. „Die gesammte deutsche, französische und englische Presse, erklärt er, haben ein Complott gegen mich geschmiedet." „Es existirt in Europa eine grosse, durch viele Länder reichende Verschwörung, deren Complicen nur der einen — geheimnissvollen Ordensregel — gehorchen, welche Hass und Verfolgung Wagner's lautet." (Judenth. i. d. Musik. S. 42.) —

Wer nicht fortwährend in Anbetung versunken, seine Werke himmelhoch preiset und bewundert, wer nur den leisen Gedanken eines Zweifels an der höchsten Vollendung seiner „Kunstwerke" zu äussern wagt, ist mit Geld bestochen, ist Verräther, ist sein Feind, ist ein Mitglied jener lächerlichen Verschwörung, die nur in seinem kranken Gehirn ihr Wesen treibt. Zu den Verschworenen gehören daher vor allen Dingen die musikalischen Recensenten, „jene sich wissenschaftlich gebärdenden Belletristen, welche mit einer gewissen biedern Calomnie über Alles in leichtfertiger Weise schreiben, was sie selbst nicht gelesen und verstanden haben" (s. Vorrede zu d. Ges.-W.), ferner die Intendanzen der grossen Theater, welche anstatt in himmlischer Verzückung und Hingebung geduldig und demüthig der Gaben zu harren, welche seine Güte und Huld ihnen spenden wird, es wagen, auch andere Opern als die seinen aufzuführen und, in richtigem Verständniss die Edelsteine von den Glasperlen sondernd, den letzteren, nämlich den jüngsten Kindern der Wagner'schen Muse, keinen dauernden Platz in ihrem Repertoir gönnten.

Aber seine vermeintlichen Hauptgegner und Verfolger sind die Juden. Das ganze Volk Israel hat sich nach seiner Meinung verbunden und solidarisch verpflichtet, Wagner und seine Werke zu unterdrücken und zu verderben. Sein kranker Wahn lässt ihn nicht zum Bewusstsein kommen, dass der Jude viel zu gescheut ist, um auf so unnütze faule Geschäfte, wie es die Verfolgung Wagner's wäre, sein Geld und seine Mühe zu verwenden. Die Juden, so glaubt der unglückliche alte Mann, haben sich förmlich organisirt, um seine Pläne zu durchkreuzen und seine Werke todt zu schweigen. Ueberall hin verfolgt ihn das Gebilde seiner kranken Phantasie, überall wittert er Juden, welche ihm auflauern und ihn zu vernichten trachten.

„Der Erfolg der Machinationen der Juden gegen mich, schreibt er (Jud. i. d. M. S. 50) ist also: immer entschiedener durchgesetzte Verhinderung jeder Unternehmung, welche meinen Arbeiten und meinem

Wirken einen Einfluss auf unsere theatralischen und musikalischen Kunstzustände verschaffen könnte. Ist hiermit Etwas gesagt? — Ich glaube: Viel, und vermeine hiermit ohne Anmassung mich vernehmen zu lassen. Dass ich meinem Wirken eine wesentliche Bedeutung beilegen darf, ersehe ich daraus, wie es ernstlich vermieden wird, auf diejenigen meiner Veröffentlichungen einzugehen, zu welchen ich in diesem Betreff gelegentlich veranlasst worden bin." — Wir geben derartige Stellen wörtlich, weil sie auch stylistisch in psychiatrischer Hinsicht höchst interessant sind: ein Punkt, auf den wir noch näher eingehen werden.

Die Juden beherrschen die Presse und haben den Journalismus in den Händen, deshalb hasst Wagner die Kritik, welche „weder fähig noch würdig" ist, über seine Werke zu sprechen. Auch auf die Leitung der grossen Theater sollen nach seiner Meinung die Juden einen maassgebenden Einfluss besitzen; sie wussten es dort durchzusetzen, dass seine neueren Arbeiten keine Bühnen-Erfolge hatten.

„Nachdem meine früheren Opern, schreibt er (Jud. i. d. M. S. 44), fast überall auf den deutschen Theatern sich Bahn gebrochen und dort mit stetem Erfolge gegeben werden, stösst jedes meiner neueren Werke auf ein träges, ja feindselig ablehnendes Verhalten dieser selben Theater; das kommt daher, weil meine früheren Arbeiten schon auf die Bühne gedrungen waren, bevor die Verfolgung der Juden gegen mich losbrach; und deren Erfolge also nichts mehr anzuhaben ist." — Wir haben schon oben die wahrscheinlichen Gründe angegeben, welche die Theater-Intendanzen abgehalten haben, Wagner's neuere Opern dem Publikum vorzuführen. Der Kranke sucht nach allen möglichen und unmöglichen Ursachen, weil er die wirklichen, die eigene Schwäche, nicht finden kann; denn mit der Erkenntniss seines Wahnes wäre auch die Krankheit verschwunden.

Am meisten erbittert ist Wagner auf die General-Intendanten von Berlin und Wien (wiewohl dieselben keine Juden sind), welche, wie er sagt (Jud. i. d. M. S. 45), „einen wahren Schrecken empfinden, wenn ein neues Werk von ihm erscheint."*) Aber das ganze Publikum, fährt er fort, soll sich einmüthig gegen dieses Verfahren empören und die Intendanten „zwingen", seine Opern zu geben. Sein Grössenwahn hat ihn hier wieder zu Aeusserungen hingerissen, welche vor das Forum der Lächerlichkeit gehören würden, wenn sie von einem gesunden Menschen ausgingen.

Die Juden haben, wie ein neuerer Literatur-Historiker sagt, einen unausstehlichen Knoblauchduft in unsere ganze moderne Literatur gebracht. Herr Wagner hat sich das Wort des mittelalterlichen Sonderlings zu Herzen genommen und sucht die

---

*) Wenigstens hat Wagner die Genugthuung, jene beiden Bedingungen erfüllt zu haben, welche Aristoteles an den tragischen Dichter stellt: er hat Furcht und Mitleid erregt. —
D. Verf.

schriftstellernden Juden durch ähnliche Kraftaus-
drücke todt zu machen.

„Der Jude, so schreibt er in seiner Brochüre über
das Judenthum in der Musik, ist untauglich, irgend-
wie literarisch thätig zu sein, er ist ein Fremdling
in Europa und spricht unsere Sprache wie ein Aus-
länder; er ist daher unfähig, sich eigenthümlich und
selbstsändig zu äussern." „Heinrich Heine log sich
nur zum Dichter auf." — „Unsere ganze europäische
Civilisation und Kunst ist für den Juden eine fremde
Sprache geblieben; er hat sich ihr stets kalt und
feindselig gegenüber gestellt." — „Unangenehm berührt unser Ohr stets der zischende, schrillende,
sumsende und murksende Laut-Ausdruck der jü-
dischen Sprechweise." — „Der Jude kennt keine
wahre Leidenschaft." — „Er kann niemals originell
und produktiv sein." — „Wird er jemals leiden-
schaftlich, wie auf der Bühne oder im Gesange, so
erscheint er lächerlich oder unausstehlich; er eignet
sich also weder zum Schauspieler noch zum Sänger."
— „Der Jude taugt überhaupt nicht zum Künstler;
sein Trieb zur Kunst ist ein Luxusartikel und kann
nur das Triviale gebären: Der jüdische Musikmacher
konnte nie originell sein und plapperte wie ein Pa-
pagei nur Anderen nach." — „Der Jude ist wegen
seiner unangenehmen, abstossenden Erscheinung kein
Objekt für die bildende Kunst." — „Das Judenthum
konnte nur durch die Schwäche und Fehlerhaftigkeit
unserer Zustände Wurzel unter uns fassen." — „Der

Jude kann erst dann ein wahrer Mensch sein, wenn er aufgehört hat, Jude zu sein." —

Wir geben diese Blumenlese Wagner'scher Sentenzen ohne jeden Commentar, da er hier vollständig überflüssig ist; solche Dinge charakterisiren sich selbst.

Es scheint, dass der ihn verzehrende Neid auf den Ruhm seiner musikalischen Concurrenten, welche zufällig dem israelitischen Glauben angehörten, ihm die fixe Idee, dass er von den Juden verfolgt werde, eingepflanzt hat. Seine harten, lieblosen, oft ungerechten Urtheile über Halévy, Berlioz, Mendelssohn, Meyerbeer berechtigen zu dieser Vermuthung. Manches (Bd. III, 350), was er einst über jene in übermüthiger Leidenschaftlichkeit aussprach, könnte heut mit vollem Recht von ihm und seinen letzten Arbeiten gesagt werden. Aber es waren Juden, deren Opern ein enthusiastisches Publikum fanden und dadurch seinem künstlerischen Ruhme vielleicht gefährlich werden konnten: Gründe genug, sie und mit ihnen das ganze Judenthum zu hassen und zu verdammen.

Wagner hat durch seine Brochüre über's Judenthum in der Musik dem Psychiater einen tiefen diagnostischen Blick in sein innerstes Seelenleben gewährt.

Ist es schon ein schweres Vergehen gegen die Kunst, wenn der Künstler als solcher irgend welchen politischen und socialen Parteibestrebungen huldigt, so ist es geradezu unnatürlich und verächtlich, wenn er unter dem Deckmantel der Kunst seinen eigenen

Leidenschaften zu fröhnen sucht. Er beschreitet damit eine gefährliche Bahn und gräbt sich selbst und seinem Ruhme das Grab. Die Kunst soll, hehr und heilig, hoch erhaben über dem niedern Getriebe dieses Erdendaseins, um ihrer selbst willen geachtet und geliebt, nur den höchsten Zielen der Menschheit, den reinsten und edelsten Idealen dienen; der Künstler, der sie durch selbstsüchtige Parteizwecke entweiht und sie unter das Joch der menschlichen Erbärmlichkeiten und Leidenschaften beugen will, hat sich selbst den Lorbeer vom Haupt gerissen und ihn in den Schmutz der Strasse getreten, hat den Genius der Kunst verrathen und an's Kreuz geschlagen. Wenn uns armen Menschenkindern auch diese Ideale geraubt werden: was bleibt uns dann noch? —

Die Kunst ist eine Göttin, welche von ihren Jüngern die vollste Hingabe, innige Leidenschaft und unerschütterliche Treue verlangt. Wer aber, wie Wagner, sie als ein kokettes Weib betrachtet, deren Eifersucht man durch Complimente, welche man Anderen macht, reizen muss, die man durch überschwengliche Worte girren und nach neuen Huldigungen gierig machen kann, der hat bald ihre Gunst verloren.

Wagner blieb der Kunst nicht treu, und sie verschloss sich deshalb auch ihm. Die Politik, jene unglücklichste Beschäftigung für den in Idealen schwärmenden Künstler, nahm zeitweise seine ganze Thätigkeit, all' sein Denken und Sein in Anspruch.

Dass der Künstler grossartigen gewaltigen Zeitereignissen gegenüber nicht kalt und theilnahmslos bleiben kann, ist bei seinem regen Gefühlsleben sehr natürlich; er darf aber nicht ganz in ihnen aufgehen und darüber die Kunst vergessen.

Ohne irgend welchen bestimmten, klar formulirten, politischen Principien und Zwecken zu folgen, überliess sich Wagner mit voller Begeisterung der revolutionären Bewegung des Jahres 1848. „Sein Liberalismus war ein nicht sehr hellsehendes Geistesspiel, erzählt er (Jud. i. d. M.), indem er für die Freiheit des Volkes sich erging, ohne Kenntniss dieses Volkes, ja mit Abneigung gegen jede Berührung mit ihm." Er kämpfte auf den Barrikaden für die Freiheit, die er nicht kannte und die er nicht wollte. Er kämpfte, weil ihm der politische Taumel Unterhaltung und Abwechselung gewährte und seinem inneren Seelenleben Veränderung versprach.

Aber die Politik ist wie das Feuer; das Kind, welches nicht mit ihm umzugehen versteht, verbrennt sich.

Wagner wurde von den Wogen der Revolution hinweggeschwemmt und an ein fremdes Gestade getrieben. Aber der Fingerzeig, den ihm das Geschick gegeben, blieb von ihm unbeachtet; er wurde politischer Schriftsteller.

Die Ansichten, welche er als solcher aussprach, sind psychologisch vielfach interessant. „Die Romandichtung ward Journalismus; ihr Inhalt zersprengte sich in politische Leitartikel. Die Dichtkunst ist zur Politik geworden; Keiner kann dichten, ohne zu politisiren. Wer sich heut noch unter der Politik wegstiehlt, belügt sich um sein eigenes Dasein (IV, 66). — „Das Volk umfasst alle Diejenigen, welche eine gemeinsame Noth empfinden; wer keine Noth empfindet, gehört nicht zum Volke." (III, 60) — „Der Mensch wird erst dann ein wahrer Mensch sein, wenn sein Leben die bewusste Befolgung der innern Naturnothwendigkeit geworden, nicht aber die Unterordnung unter eine äussere eingebildete willkürliche Macht" (III, 55) — „Die Periode vom Untergange der Hellenen bis auf unsere Tage ist die Geschichte des absoluten Egoismus, und das Ende dieser Periode wird seine Erlösung in dem Communismus sein" (III, 159). —

Aber nicht blos in seine prosaischen Schriften, auch in seine Poesien suchte er politische Momente hineinzutragen und diese dadurch zu politischen Tendenz-Dramen herabzuwürdigen. Sein „Wieland der Schmied", der, nachdem ihn die Göttin Schwanhilde verlassen, unter der grausamen Knechtschaft des Königs Neiding schmachten und unwürdige Frohndienste verrichten muss, ist das deutsche Volk, wie er selbst erläutert. Auch in der „Nibelungen-Dichtung" spielen politische Momente, die ihm aber selbst nicht recht zur inneren Klarheit gekommen zu sein scheinen.

Es hat jede politische Meinung eine gewisse Berechtigung und es liegt uns selbstverständlich fern
über die seine irgend welches Urtheil zu fällen.
Wir beklagen nur, dass der Künstler die Kunst in
der Politik begrub und betrachten diesen Umstand
als einen wichtigen Faktor seines späteren künstlerischen Verfalles.

Wagner's Geist war zu veränderlich, zu unruhig
und zu vielseitig, als dass er nicht in allen Gebieten
des menschlichen Wissens hätte naschen sollen; er
hat Vieles angedacht, aber Nichts durchdacht. Von
der Politik wandte er sich zur Geschichte, von der
Geschichte zur Philosophie. Seine geschichtlichen
Ergebnisse, wie er sie in den „Wibelungen" nieder-
gelegt, sind interessant, weil sie zeigen, wie seine
künstlerische Individualität sich zu den objektiven
Thatsachen der Geschichte verhielt.

Die Philosophie hat einen sehr verderblichen
Einfluss auf die Geistesfähigkeiten und Anlagen
Wagner's ausgeübt. Jene abstrakte Katheder-Phi-
losophie mit ihrem Wust von unklarem und unver-
ständlichem Wortgeklingel, durch welches sich ihre
Vertreter in den Ruf einer transcendenten Gelehr-
samkeit bringen, hat ihm den Kopf verdreht und
in ihm den unglücklichen Wunsch rege gemacht,
sich zum „Philosophen der Musik" auszubilden.
Ziemlich rasch hat er sich das schwerfällige Rüst-
zeug jener künstlichen Terminologie angeeignet,
welche, wie ein jüngerer Freund Schopenhauer's

schreibt, in den meisten Fällen dem Leser schon
deshalb unverständlich bleiben muss, weil der Autor
es selbst für überflüssige Pedanterie gehalten hat,
sich dabei etwas Bestimmtes zu denken, indem er
der stillen Hoffnung lebt, was ihm nicht gelungen
sei, werde vielleicht dem Leser glücken, oder derselbe werde sich durch die verblüffende Macht des
metaphysischen Wortschwalls imponiren lassen und
sich ängstlich hüten, Jemandem einzugestehen, dass
er den angeblichen Tiefsinn nicht verstanden hahe.

Ueber die letzten Ursachen der Dinge glaubt
Wagner in dem Satze: „Der Anfang und Grund
alles vorhandenen und Denkbaren ist das wirkliche
sinnliche Sein“ (III, 68) interessante und neue Auf-
schlüsse zu geben. Dagegen vermag er sich über
die Zukunft nicht mit so apodiktischer Gewissheit
zu äussern. „Sobald das Denken aber, schreibt er
(III, 65), von der Wirklichkeit abstrahirend, das
zukünftige Wirkliche construiren will, vermag es
nicht das Wissen zu produciren, sondern äussert sich
als Wähnen, das sich gewaltig unterscheidet vom
Unbewusstsein; erst wenn es sich in die Sinnlichkeit,
in das wirklich sinnliche Bedürfniss sympathetisch und
rückhaltlos zu versenken vermag, kann es an der
Thätigkeit des Unbewusstseins Theil nehmen.“ —
„Die wahre Musik, erklärt unser Musik-Philosoph,
ist die einzige wirkliche Kunst der Gegenwart und
Zukunft“ (Vorrede zu d. Ges. W.) — „Wie unter
der römischen Universal-Civilisation das Christen-

thum hervortrat, so bricht jetzt aus dem Chaos der modernen Civilisation die Musik hervor.“

Niemand hat die gespreizte Rede, das lächerliche Phrasengetümmel der sogenannten Zunft - Philosophen mehr gegeisselt als der grosse Arthur Schopenhauer. Nichts ist leichter, sagt er, als so zu schreiben, dass Niemand es versteht, Nichts schwerer, als bedeutende Gedanken so auszudrücken, dass Jeder sie verstehen muss. Wagner hat den leichteren Theil erwählt und sich, namentlich in letzter Zeit, einer Stylistik beflissen, deren Unverständlichkeit und Unklarheit die Lektüre seiner Schriften ungemein erschwert. Mag es nun die seiner künstlerischen Natur anhaftende Vorliebe zu nebelhaften Phrasen, mag es eine krankhafte Sucht nach fremden Ausdrücken und ungewohnten Wortbildungen sein; seine literarischen Produkte und besonders die der letzten Jahre sind eine eigenthümliche, seltsame, — wir wollen sagen — krankhafte Erscheinung in unserer deutschen Literatur.

. Es ist nicht Jedermann's Sache als Schriftsteller aufzutreten, aber es ist bekannt, dass die grössten Geister immer auch die verständigsten Schriftsteller waren. Der Styl, die Redeweise eines Menschen ist gleichsam der Reflex seines geistigen Gehaltes; deshalb spielt er eine hervorragende Rolle in der Diagnose der Geisteskrankheiten.

Wagner hat während seines ersten Pariser Aufenthalts einige kleine allerliebste Novellen geschrieben, welche, leicht und gefällig, sich recht gut lesen lassen und ihrem Verfasser damals das wohl nicht so ernst gemeinte Compliment eintrugen, er sei ein ebenso geistreicher Schriftsteller als genialer Componist. Auch die Texte zum „Rienzi“, „fliegenden Holländer“, „Tannhäuser“, „Lohengrin“, sind lichtvoll und klar und durchaus nicht ohne poëtischen Schwung.

Dagegen tritt in seinen späteren philosophisch-politischen Aufsätzen und noch mehr in seinen jüngsten „Dichtungen“ eine Phrasen-Ueberschwenglichkeit, ein ängstliches Haschen nach seltsamen Worten, nach sogenannten Originalitäten, hervor, welche entschieden den Charakter des Anomalen, des Krankhaften trägt. „In dem Reiche der Harmonie, schreibt er (III, 104) ist nicht Anfang und Ende, wie die gegenstandlose, sich selbst verzehrende Gemüths-Inbrunst, unkundig ihres Quelles, nur sie selbst ist, Verlangen, Sehnen, Schmachten, Stürmen — Ersterben, d. h. Sterben, ohne sich in einem Gegenstande befriedigt zu haben, also Sterben ohne zu sterben, somit immer wieder Zurückkehr zu sich selbst.“ —

In einem Berichte an den deutschen Wagner-Verein hat er sich über die Schwierigkeiten ausgesprochen, welche sich der Aufführung seines „Nibelungen-Ringes“ entgegenstellen. Am leichtesten könnten dieselben gehoben werden, schreibt er, wenn sich ein kunstsinniger freigebiger Fürst fände, der die nöthigen Geldmittel dazu hergäbe.

„Wird sich dieser Fürst finden?" schliesst er emphatisch. „Im Anfang war die That." (S. 28.) — Es berührt uns der letztere, mit dem Vorhergehenden ganz zusammenhanglose Ausruf wie der gellende Aufschrei des Wahnsinns mitten in der wohlgesetzten vernünftigen Rede. — Und als sich der ersehnte kunstsinnige Fürst gefunden, der seinem Streben Unterstützung versprach, da erzählt er: „Es dürfte keiner poetischen Diktion, noch auch einem ganzen poetischen Diktionair möglich werden, die entsprechende Phrase für die ergreifende Schönheit des Ereignisses zu finden, welches durch den Zuruf eines hochgesinnten Königs in mein Leben trat. Denn wirklich war es ein König, der mir im Chaos zurief: Hierher! Vollende dein Werk! Ich will es." (Ber. a. d. deutsch. W.-V. S. 30) —

Wagner liebt es, sich selbst Worte zu bilden; eine Eigenschaft, welche sich sowohl beim Genie als beim Geisteskranken findet. Der Unterschied ist nur der, dass der Erstere, indem er der fortschreitenden Spezialisirung unseres Begriffs-Lebens Rechnung trägt, der Sprache eine dauernde Bereicherung verschafft, der Letztere einer flüchtigen, momentanen Laune folgt, welcher kein wirkliches Motiv zu Grunde liegt.

Am reichsten sind damit seine neueren „Poesien" ausgestattet, deren literarischen Werth er bisher immer noch nicht zur Geltung zu bringen vermochte; nach seiner Meinung sind daran nur seine

Feinde schuld. Bitterbös ist er besonders auf die Redaktion der „Augsburger Allgemeinen", weil sie seinen „Ring der Nibelungen", welches wie er selbst sagt, „in Wahrheit ein dramatisches Gedicht, ein poetisches Literaturprodukt für die bücherlesende Oeffentlichkeit" (Ber. a. d. d. W.-V. S. 28.) ist, ihren Lesern nicht als ein poetisches Meisterstück empfohlen, noch ihn als Dichter gekrönt hat, trotzdem er doch erklärt: Was meinen französischen Freunden längst aufgegangen und was meinen deutschen Kunstgenossen und Kunstkritikern nur als bespottenswerthe Chimäre meines Hochmuths erkenntlich blieb, ist in Wahrheit ein Kunstwerk" (Ber. a. d. d. W.-V. S. 22). — Es scheint, dass die leichtere Erkenntniss von Seiten der Franzosen in diesem Falle auf einer gewissen Geistesverwandschaft mit Wagner beruht. —

Der Zuhörer seines „Nibelungen-Ringes", schreibt er in der Vorrede zu demselben, wird „zu dem wohlthätigen Gefühle eines bisher ungekannten Auffassungsvermögens gelangen, welches ihn mit neuer Wärme erfüllt, und ihm das Licht entzündet, in welchem er deutlich Dinge sieht, von denen er zuvor keine Ahnung hatte". „Aber die zur Darstellung meines Nibelungen-Werkes zu berufenden Sänger sind zum allergrössten Theile an den deutschen Operntheatern gar nicht zu finden; denn bei den allermeisten fehlt die zur Aneignung der von mir gestellten Aufgabe nöthige Vorbildung fast gänzlich, und vermöge ihrer auf falschen Ruhm begründeten Stellung sind sie meist bereits viel zu verwöhnt und verzogen, um für die Möglichkeit ihrer Umbildung Hoffnung zu gewähren." (Ber. a. d. König. S. 10.) —

Dieses von ihm so gerühmte poetische Kunstwerk beginnt:

> „Weia, Waga!
> Woge du Welle!
> Walle zur Wiege!
> Wagala weia!
> Wallala Weiala weia!
> Heiala weia!"

Der Anfang ist bezeichnend für diese Gattung von „Poesie" welche voll süsslich-mystischer Schwärmerei, über die bekanntesten Regeln der Metrik sich stolz hinwegsetzend, sich bald in albernen Knittelversen, bald in unverhüllten Frivolitäten ergeht und zur Ehre unserer „bücherlesenden Oeffentlichkeit" nur auf den Jahrmärkten ihr Publikum findet. Die seltsamen Ausrufe und Naturlaute, mit welchen die Unterhaltung der Götter reich gesegnet ist, scheinen zu der Muthmaassung zu berechtigen, dass Wagner an eine sprachliche und ethnologische Verwandschaft derselben mit den Bewohnern von Honolulu glaubt; namentlich im Anfange des III. Aufzuges der „Walküre" will das „Hotojohoh! und Heiajahei!"-Geschrei kein Ende nehmen.

> „Die magdliche Blume
> Verblüht der Maid",

singt unser Dichter, als Brünnhilde, die „Loos-Kie-serin, die Helden-Reizerin" (S. 190) dem sterblichen Manne verfällt. Sie erzählt dies Ereigniss später noch einmal in der „Götterdämmerung":

„Doch meiner Stärke magdlichen Stamm
Nahm mir der Held, dem ich nun mich neige."

Wer solches Zeug der Welt als „Poesien" aufbinden will, ist entweder unverschämt oder geistesschwach. — „Göttliche Ruhe rast mir in Wogen." (Siegfried) — „Es braust mein Blut in blühnder Brunst." — „In Sang und Dicht" — „mit neuer Find" — „Der Erde Nabelnest" —

„Ob euch gelang
ein rechtes Paar zu finden,
Das zeigt jetzt an den Kinden." (Meistersinger)—
„Nie-Wieder-Erwachens
wahnlos
Holdbewusster Wunsch." (Tristan) —

Das sind einige Proben aus seiner „Dichtweise", über die wir uns jedes Urtheils enthalten wollen, indem wir die Worte aus dem „Tristan" auf sie anwenden möchten.

„Des Schweigens Herrin heisst mich schweigen;
Fass' ich, was sie (nämlich die Wagner'sche Muse)
verschwieg,
Verschwieg ich, was sie nicht fasst." —

Dieselbe krankhafte Sucht nach barocken Seltsamkeiten und ungewöhnlichen Wortbildungen, wie „Waldweben", „Misswende", „wabern" u. a. m., zeigt sich auch in seinem Benehmen, im alltäglichen Leben. Er kann nicht componiren oder dichten, wenn er nicht das alt-deutsche Barett auf dem Haupte fühlt, wenn nicht der Schlafrock, die Pantoffeln, das Taschentuch, die Tapeten seines Zimmers diejenige Farbe und Zeichnung tragen, welche der für sein „Kunstwerk" erforderlichen Seelenstimmung entsprechen. Es ist diese Originalitäts-Sucht, wenn sie, so wie hier, zur Schau getragen wird, ein charakteristisches Symptom der vorhandenen Geisteskrankheit.

Wenn wir bis jetzt vorzugsweise die intellectuelle Seite des Seelenlebens Wagner's betont haben und dabei näher auf seine Werke eingegangen sind, so lag uns eine Kritik derselben fern. Die mitgetheilten Proben aus seinen Schriften haben den Beweis geliefert, dass seine Verstandesthätigkeit nicht mehr eine normale ist, und dass er bereits an Wahn-Ideen leidet, deren Folgen auf seine ganze psychische Constitution einen deletairen Einfluss ausgeübt haben.

Unsere Aufgabe ist es jetzt, sein moralisches Seelenleben, seinen Charakter in Betracht zu ziehen und zu prüfen, ob sich auch hier Momente und Thatsachen vorfinden lassen, welche in das Gebiet des Krankhaften gehören.

Es giebt eine Form der Geistes-Krankheiten, welche „moralischer Irrsinn" (moral insanity) genannt wird, und sich weniger in Alienationen der

Intelligenz, als der Gefühle und des Willens äussert. Die Krankheit zeigt sich in Verkehrtheit der Neigungen, Perversität der Begierden und Wünsche und in dem vollständigen Mangel der sittlichen und socialen Gefühle. Der Umstand, dass der Kranke dabei oft sehr wohl in der Lage ist, im gewöhnlichen Verkehr, im Umgang, in allen Fragen des menschlichen Lebens, mit welchen seine krankhaften Triebe nicht collidiren, ganz richtig und scharf zu schliessen und zu denken, dass er die ekelhaftesten Ausschweifungen, die unerhörtesten Verbrechen bei scheinbar ganz ungetrübter Verstandesthätigkeit begeht, erregt in dem Laien die irrige Ansicht, dass er vollständig geistesgesund, verantwortlich für seine Handlungen und zurechnungsfähig sei; dies ist entschieden nicht der Fall, da seine psychische Constitution zu schwach ist, um die mit aussergewöhnlicher Intensität auftretenden krankhaften Neigungen und Triebe durch die contrastirenden Vorstellungen, welche durch die Gesetze der Moral und Humanität gegeben werden, zu unterdrücken und die Explosion derselben in monströse Handlungen zu verhüten.

Man darf bei der Diagnose der Geisteskrankheiten niemals vergessen, dass die Wahn-Ideen etwas Accidentelles sind, dass das eigentliche Charakteristicum der Seelen-Störung, wie Esquirol sagt, die moralische Alienation ist. Deshalb ist es oft sehr schwer, den Laien davon zu überzeugen, dass

nicht vorsätzliches willkürliches Laster, nicht vor-
bedachtes Verbrechen, sondern geistige Störung
vorliegt. Hierher gehören jene Fälle von grauen-
haften Verbrechen, von unerhörter Verläugnung
aller menschlichen Gefühle, wie sie selbst die An-
nalen der Justiz zum Glück nur selten zu erzählen
wissen.

Das sittliche Gefühl ist als höchste Stufe psychischer Entwickelung langsam und allmählich im
Laufe der menschlichen Cultur erworben worden
(Maudsley); sein Verlust im Laufe der geistigen
Entartung bezeichnet uns eine Stufe auf der Leiter
der rückgängigen Metamorphose. Der Kranke hat
kein Verständniss für die Verwerflichkeit seiner
Handlungen; er empfindet weder Scham noch Reue
über dieselben, wenn sie auch noch so unmoralisch
waren; nie glaubt er, dass er Tadel verdiene, und
betrachtet denselben als unverdiente Kränkung,
welche man ihm bereitet. „Es giebt keine lügneri-
schen Erfindungen, keine infamen Beleidigungen,
keine scheusslichen Denunciationen, keine obscönen
und cynischen Handlungen, keine Drohungen und
Gewaltthaten“, schreibt der französische Psychiater
Falret, die diese Kranken nicht fähig sind gegen
diejenigen in Scene zu setzen, welche sie mit
ihrem Hass oder ihren perversen und monströsen
Gefühlen verfolgen! Und bei alledem behalten sie
dem Publikum gegenüber den Schein völliger, geistiger Gesundheit, und so schieben sie die schlimmen

Gesinnungen, die die Bestandtheile ihres eigenen Charakters ausmachen, den von ihnen angeklagten Personen unter". —

„Die ganze Art zu denken und zu schliessen, schreibt der berühmte Maudsley über diese Form der Alienation, ist durch das krankhafte Selbstgefühl gefärbt. Der Kranke kann die Beziehungen der äusseren Objecte und Ereignisse ganz richtig beurtheilen und hieraus wohl auch ganz scharfsinnige Schlüsse ziehen; sobald jedoch sein eigenes Ich dabei ernstlich in Frage kommt, sein eigentliches Wesen wirklich tiefer ergriffen wird, wird er auch in seinen Schlüssen den schlimmen Einfluss seiner krankhaften Gefühle und eine entsprechende Verkehrtheit in seinem Handeln bekunden; er kann die Beziehungen nicht wirklich realisiren und die Art, wie er in Bezug auf sein eigenes Ich denkt, fühlt und handelt, ist mehr oder weniger falsch." — Derselbe erzählt dann eine sehr interessante Krankengeschichte: Dieselbe betraf einen alten Mann von 69 Jahren, der in den letzten 15 Jahren von einer Irren-Anstalt in die andere gewandert war. Er besass bedeutende intellectuelle Anlagen, konnte gut componiren und dichtete sehr fliessend. Es war hier keine Spur von Wahn-Ideen vorhanden, und doch war dieser Mann der hoffnungsloseste Patient, den man sich denken konnte. —

Bei der Beurtheilung eines derartigen Krankheitsfalles werden natürlich der Bildungsstandpunkt und die socialen Beziehungen des Individuums von maassgebender Bedeutung sein. Wenn demnach ein geistig hochbegabter Mann, der eine geachtete gefeierte Stellung in der Gesellschaft einnimmt, die Gesetze der Moral in der frevelhaftesten Weise verletzt und die socialen Gefühle vollständig verleugnet, so müssen wir entschieden an cerebrale Störungen denken.

Richard Wagner hat durch die Zügellosigkeit seiner Leidenschaften, welche sich sowohl in den Schmähschriften gegen seine vermeintlichen Gegner, als in seinem verrätherischen Benehmen gegen seine Anhänger kundgiebt, und durch die wahrhaft empörende Art, wie er ohne Scham und Scheu die heiligsten Gefühle der menschlichen Gesittung, die Freundschaft, die Liebe mit Füssen tritt, sich um den letzten Rest der Achtung gebracht, und uns vor die schauderhafte Alternative gestellt, ihn entweder für moralisch verkommen oder für geisteskrank zu halten. Wir huldigen der letzteren Meinung und zwar um so lieber, als wir dadurch der Gerechtigkeit ebenso wie seinen Anhängern und ihm selbst entgegenkommen, indem wir eine für ihn zweifellos günstigere Meinung erwecken. Bekannt sind seine wegwerfenden ungerechten Urtheile über die Componisten, welche gleichzeitig mit ihm um den Lorbeer des Ruhmes rangen. Ueber Berlioz, von dem er so Manches gelernt hat, sagt er: „An seiner Seite hat er nichts als eine Schaar Anbeter, welche, flach und ohne das geringste Urtheil, in ihm den Schöpfer eines nagelneuen Musiksystems begrüssen und ihm den Kopf vollends verdreht machen; alles Uebrige weicht ihm aus wie einem Wahnsinnigen." (Selbstbiogr.) —

Vor Allen aber ist Meyerbeer von ihm mit Koth beworfen worden, derselbe Meyerbeer, der sich des jungen Wagner, als dieser im Jahre 1839 ohne Geld, ohne Bekanntschaften und Empfehlungen nach Paris kam, in der liebenswürdigsten und herzlichsten Weise angenommen, ihn auf's freigiebigste unterstützt und ihn vielleicht vor dem materiellen Untergange gerettet hatte. Damals war Wagner ein armer unbekannter Musiker; als er sich zum berühmten Componisten emporgeschwungen hatte, suchte er sich der Pflicht der Dankbarkeit gegen seinen Gönner dadurch zu entledigen, dass er denselben auf's heftigste angriff und eine gehässige persönliche Kritik über dessen Opern übte, weil dieselben damals grossen Beifall fanden.

„Meyerbeer, sagt er, ein Bankier, dem es einst einfiel, selbst Musik zu componiren", (Oper und Drama S. 317), „der Todtengräber der Oper" (Ebend.), „der allerverdorbenste Musikmacher" (S. 377) kannte die „Mysterien historischer Spitzbubenschaft" (S. 369); „in seiner Musik giebt sich eine so erschreckende Hohlheit, Seichtheit und künstlerische Nichtigkeit kund, dass wir seine musikalische Befähigung vollkommen auf Null zu setzen berech-

tigt sind" (S. 376). — „In der Meyerbeer'schen
Oper zeigt sich der Irrthum in nacktester Blösse
und prostituirtester Widerwärtigkeit" (S. 281). — „Betrachten wir in diesem Opernmusik-Könige, fährt er
fort (B. III., 365) nur die Züge des Wahnsinns,
durch die er uns bedauerungswürdig und abmahnend,
nicht aber verachtungswerth erscheint". —

Es ist merkwürdig, wie Wagner fortwährend
mit dem Wahnsinn spielt und überall das entsetzliche Gespenst seiner kranken Phantasie sieht, das
ihn unbarmherzig mit sich in die Tiefe zieht.
Wenn wir die Aeusserungen, welche er einst über
Meyerbeer aussprach, mit seinem heutigen Seelenzustande vergleichen, so ist es, als ob wir den Fin-
ger der furchtbar rächenden Nemesis sähen.

„Die moderne Oper, schreibt er, ist die offene
Kundgebung des wirklich eingetretnen Wahnsinns"
(III., 301); „sie wurde zum bergenden Narrenhause
für allen Wahnsinn der Welt" (III., 276). — „Ohne
Glauben, ohne Freude ist die Opernkunst ihren mo-
dernen Meistern zu einem blossen Artikel für die
Speculation herabgesunken; überall nur das Gähnen
der Langeweile oder das Grinsen des Wahnsinns.
Fast zieht mich der Anblick des Wahnsinns noch
am meisten an" (III., 365). —

Sein Charakter ist reich an Inconsequenzen, an
Widersprüchen und Gegensätzen. Derselbe Wagner,
der im Jahre 1844 den „Gruss seiner Treuen an
den König Friedrich August, den Geliebten" ge-

schrieben, der sich vergeblich beim König von Preussen um die Gunst bemüht hatte, ihm seinen Tannhäuser widmen zu dürfen, kämpfte im Jahre 1849 gegen seinen König und betheiligte sich an der bekannten Verschwörung, welche das königl. Schloss in die Luft zu sprengen beabsichtigte. Derselbe Mann, der einst für Freiheit und Gleichheit kämpfte, macht sich bei andern Gelegenheiten zum Vertreter längst überwundener, mittelalterlicher Institutionen. Derselbe Mann, der einst schrieb: „Das Christenthum, welches von vornherein alle Lebensfreuden verwies und als verdammlich hinstellte, hat das wirkliche Leben zu einem unfläthigen und lasterhaften gemacht“ (III., 22), spielt zu andern Zeiten den frommen Christen, den treuen Sohn seiner Kirche.

Es scheint, als ob sich Wagner von allen edleren besseren Gefühlen, auf denen allein die Gesittung und Cultur der menschlichen Gesellschaft beruht, emancipirt hat. Freundschaft, Liebe, Mitleid, Achtung, Sittlichkeit u. s. w. — es sind ihm nur leere, schönklingende Namen, denen eine reale Bedeutung abgeht. Bekannt ist sein Verhältniss zu seiner ersten Frau, das der Presse zu ziemlich heftigen Erörterungen Anlass gab, auf die wir hier nicht näher einzugehen brauchen. Seine Freunde betrachtet er als seine Leibeigenen, über deren Ehre, Vermögen, Weiber, Kinder etc. er nach Lust und Laune verfügt. Der öffentliche Familien-Scandal, den Wagner seinem treuesten und besten Freunde

Bülow erregte, hat die moralische Enträstung aller
Gebildeten hervorgerufen. Und dieser Mann hat
nachher noch die freche Stirn, mit seiner Buhlerei
öffentlich zu prunken und dem pflichtvergessenen
Weibe, das ihrer Familie untreu ward, Huldigungen
zuzuwenden (wie jüngst in Bayreuth), welche eine
unverständige Menge nur der Erinnerung an seine
einstige geistige Grösse zollt. Wer wie er die gehei-
ligten Bande der Familie, der Ehe, der Freundschaft
und Liebe frech zerreist und seine moralische Entartung öffentlich zur Schau trägt, der hat nur Anspruch auf die Verachtung, oder, wenn wie hier
Geistesstörung vorliegt, auf das Mitleid der Welt.

Es ist bekannt, dass im Beginn der psychischen
Krankheiten oft eine unnatürliche Steigerung des
Geschlechtstriebes auftritt, welche im schreiendsten
Widerspruch zu der physischen und psychischen
Impotenz steht, die sich immer mehr geltend macht.

Wagner hat von jeher den geschlechtlichen Re-
gungen einen grossen Einfluss auf sein inneres
Seelenleben gestattet, wie dies namentlich aus den
von ihm selbst gegebenen Aufzeichnungen aus
seinem Leben hervorgeht. Sein erstes grösseres
Opus, „das Liebesverbot“, verherrlicht den „Sieg
der freien offenen Sinnlichkeit“; jedoch bleibt er
darin in den Grenzen eines immerhin achtungs-
werthen Anstandes. Aber in seinen neuesten Werken tritt das erotische Element um so unverhüllter
hervor; in „Tristan und Isolde“ glorificirt er den

„Ehebruch“, in der „Walküre“ sogar die „Blutschande“.

In seinen Schriften befleissigt er sich einer Fri-
volität und Obscönität der Ausdrücke, die ihre
Lektüre für die unverdorbene Jugend sehr gefährlich macht. „Brünnstig geliebter Bruder!“ ruft die
in Blutschande mit ihrem Bruder lebende Siegelinde
diesem zu. — „Brünstig brennt Dir der Leib“
(Siegfried). — „Du machtest wohl gar ohne Mutter
mich?“ frägt der junge Siegfried mehr als naiv
den Mime. — „Das Wesen der menschlichen Liebe
ist in seiner wahrsten Aeusserung das Verlangen
nach voller sinnlicher Wirklichkeit, nach dem Ge-
nusse eines mit allen Sinnen zu umfassenden, mit
aller Kraft des wirklichen Seins fest und innig zu
umschliessenden Gegenstandes“ (IV., 356). — „Erkenntniss durch die Liebe ist Freiheit, die Freiheit
der menschlichen Fähigkeiten: Allfähigkeit“ (III,85).
— Die Ausdrücke „Zeugung, geschlechtliches Inein-
einanderversenken“ u. s. w. gebraucht er mit Vorliebe zu rhetorischen Vergleichen: „Um Mensch zu
werden, schreibt er, musste Beethoven ein ganzer,
d. h. gemeinsamer, den geschlechtlichen Bedingungen des Männlichen und des Weiblichen unterwor-
fener Mensch werden“ (III., 385.) — „Beethoven,
fährt er fort, fand sich dazu gedrängt, dem bis zur
gebärenden Kraft neubelebten Organismus der Musik
auch den befruchtenden Samen zuzuführen und diesen
entnahm er der zeugenden Kraft des Dichters“

(III., 388).— An anderer Stelle preisst er die „sich ganz in den geliebten Gegenstand versenkende Männerliebe der Hellenen als vollkommener, edeler, und reiner, als die Liebe des Mannes zum Weibe" (III., 160). —

Dieselbe Unzüchtigkeit und Unsittlichkeit, die er in seinen Worten zeigt, findet sich auch in seinen Tonmalereien und mag dies vielleicht für „unser so tief gesunkenes modernes Leben", wie er unsere Zeit in d. Vorr. zu d. G. W. nennt, ein vorzügliches Reizmittel sein, seine Opern zu besuchen.

Wenn wir die lange Reihe von Thatsachen überblicken und die moralische Alienation, die Verkehrtheit seiner Triebe und Neigungen, den Mangel der socialen und sittlichen Gefühle nebst den Störungen, welche die Sphäre der Intelligenz erlitten, und die Wahn-Ideen, die ihn beherrschen, in Betracht ziehen, so drängt sich uns die wissenschaftliche Ueberzeugung auf, Richard Wagner ist psychisch nicht mehr normal, leidet heut an gewissen Symptomen der Geisteskrankheiten.

Die Aufgabe des Psychiaters erheischt es nun, die Aetiologie dieses Krankheitsfalles zu erforschen und die pathogenetischen Momente hervorzusuchen, welche zu der beklagenswerthen Seelenstörung Richard Wagner's Ursache und Anlass geben konnten.

Es erscheint deshalb nothwendig, noch einmal sein ganzes Leben, seine geistige Entwickelung und alle jene Faktoren, welche darauf Einfluss gewan-

nen, uns vor die Augen zu halten, um ihren tiefen
inneren genetischen Zusammenhang mit der Krankheit festzustellen. Wer die Schwierigkeiten der Pa-
thogenie kennt, in welcher sich selten ein ganz bestimmtes Krankheits-Moment als causa efficiens nach-
weisen lässt, wird uns entschuldigen, wenn wir hier
nur einige flüchtige Andeutungen zu geben vermögen, um so mehr, wenn wie hier sich noch andere
Hindernisse unserer Aufgabe entgegenstellen.

Ob hereditäre Praedisposition, welche eine hervorragende Rolle in der Aetiologie der Geisteskrank-
keiten spielt, bei Wagner vorhanden ist, haben wir
nicht mit Sicherheit ermitteln können. Sein Vater
starb sehr früh; der zweite Gatte seiner Mutter,
dem die Sorge für die Erziehung des Knaben an-
heimfiel, war eine excentrische, wildgeniale Künst-
lernatur. Nächst der ererbten Natur, die ein Jeder
besitzt, wirkt die erworbene, die er seiner Erziehung und Bildung verdankt, am mächtigsten auf
die Ausbildung seines Charakters (Maudsley).

Wagner empfing als Wiegengabe „den unruhigen
Geist, der stets nach Neuem sucht", wie er selbst
sehr treffend bemerkt; seine Erziehung war nicht
geeignet, jene gleichmässige Ausbildung aller Geistes-
Anlagen, jene beglückende Harmonie des Seelenlebens zu schaffen, welche nothwendig ist, um uns
glücklich und heil an den Klippen des Lebens vorüber zu führen. In der Jugend ist der menschliche
Geist am empfänglichsten für alle Eindrücke, weich,

leicht bildbar; eine vernünftige Erziehung kann sehr günstige Resultate erzielen, wenn sie nicht versäumt, im Kinde jene beiden Eigenschaften zu wecken, welche die Wechselfälle des Lebens erheischen, die Kraft der Selbstbeherrschung und der Entsagung.

Der junge Wagner überliess sich den augenblicklichen Neigungen, den ihn gerade beherrschenden Launen vollständig, weil seine Erzieher zu nachgiebig waren, um sein Handeln mit einer gewissen determinirten Strenge zu regeln. Der rasche Wechsel der Stimmung, der ihm noch heut eigen ist, führte ihn von der Malerei zur Poesie, von der Poesie zur Musik, ohne dass ihn dieselben zu einer ruhigen geordneten Thätigkeit vermocht hätten.

Durch die ungesunde aufregende Lektüre der damals Aufsehen erregenden Schriften des sogen. „Gespenster-Hoffmann" wurde er zum „tollsten Mysticismus" geführt; er bekam krankhafte Sensationen und „hatte am Tage Visionen." —

Auf der Universität überliess er sich „den tollsten Ausschweifungen und zwar mit so grossem Leichtsinn und solcher Heftigkeit, dass sie ihn zuletzt anwiderten." (Selbstbiogr.)

· Der Hang zu bunten Zerstreuungen, seine Leidenschaftlichkeit und Genusssucht trieb ihn bald in „Noth und Schulden"; dazu kamen die Sorgen, welche er sich durch eine in jugendlichem Leichtsinn im Alter von 23 Jahren geschlossene Ehe aufgebürdet hatte. „Ich war verliebt, erzählt er (IV, 317), heirathete in heftigem Eigensinn, quälte mich und Andere unter dem widerlichen Eindrucke einer besitzlosen Häuslichkeit und gerieth so ins Elend." Und „so entwickelte sich in mir", wie er in seinen biographischen Aufzeichnungen fortfährt, „der Drang zur zehrenden Sehnsucht: aus der Kleinheit und Erbärmlichkeit der mich beherrschenden Verhältnisse herauszukommen. Dazu vermehrte sich mein häusliches Trübsal". —

Er gab seine Stellung auf und ging mit seiner Frau nach Paris; ohne Mittel und ohne Verbindungen, suchte er ein ungewisses Glück zu erjagen. Wohlwollende Gönner nahmen sich seiner an und schützten ihn vor der bittersten Noth und dem Untergange. Die Hoffnungen, welche er auf die grosse Weltstadt gebaut, erwiesen sich als trügerische; es gelang ihm nicht, sich emporzuarbeiten und sich bekannt zu machen.

Die deutsche Heimath war ihm holder; seine ersten Werke verschafften ihm rasch einen Achtung gebietenden Namen in der Kunstwelt. Aber die Glück verheissende Aenderung seiner Verhältnisse machte den jungen Componisten übermüthig und stolz; er glaubte, die Welt jetzt im Sturm erobern zu können und war erstaunt, als man an andern Orten seinen Genius nicht sofort anerkannte.

Sein ungezügelter Ehrgeiz verführte ihn zum verächtlichsten Neide, zum wüthendsten Hass gegen seine vermeintlichen Gegner und Unterdrücker. „Die

Leidenschaften sind Krankheiten der Seele und eine
Vorstufe des Wahnsinns“, sagt Esquirol. Wenn sie
den Verstand unterjochen und das herrschende Motiv
der Handlungen werden, so ist bereits die Grenze
überschritten, welche die Krankheit von der Gesundheit trennt. Der Leidenschaftliche, welcher einem
bestimmten Ideen-Kreise vorzugsweise gern und oft
nachhängt und dadurch die übrigen Vorstellungs-
Centren benachtheiligt, wird die Folgen dieser ge-
störten Harmonie seiner Psyche früher oder später
zu tragen haben.

Die Misserfolge, welche seine Werke auf anderen
Bühnen hatten, dazu der Unmuth und der Gram,
welchen ihm sein häusliches Missgeschick sowohl,
wie die ihn nicht befriedigenden Verhältnisse seiner
amtlichen Stellung bereiteten, verbitterten ihn und
machten ihn missgestimmt gegen sich und die Menschheit. Er verlor die Lust zu neuem Schaffen und
überliess sich wieder mehr wie jemals geisttödten-
den Zerstreuungen.

Die politischen Stürme des Jahres 1848 entspra-
chen seinem sturmbewegten Innern; in dem Umsturz
aller Verhältnisse, in dem Chaos, das er erwartete,
hoffte er Befriedigung seiner Wünsche und Pläne zu
finden. Die Reaction betrog ihn darum und nahm
ihm Vaterland und Heimath.

Nach einer jähen Flucht, deren ungewohnte Stra-
pazen in Verbindung mit der fortwährenden Angst
vor seinen Verfolgern seine physischen und psychi-

schen Kräfte aufs höchste anstrengten, gelangte er nach Paris. Die Ereignisse der letzten Zeit zogen wie ein wirrer Traum vor seinen Augen vorüber; alle seine Hoffnungen, seine Pläne sah er gescheitert, seine Zukunft vernichtet, seinen Namen geächtet und statt des geträumten Glanzes das Elend der Verbannung. Hitziges Fieber durchrasete seine Pulse, wilde phantastische Gestalten tanzten vor seinen Sinnen; er verfiel in eine schwere Krankheit, die, wie er erzählt, „alle seine Nerven lähmte."

„Feuer, Fieber, Flammenreden,
Wonne, jäh verzerrt in Graus,
Träume aus verlornem Eden,
Wühlten diese Schläfe aus." (Martin Greif.)

Unter der liebevollen aufopfernden Pflege seiner Freunde genas er wieder und verliess bald darauf Paris, um seinen Wohnsitz in der Schweiz aufzuschlagen.

Diese Krankheit scheint uns ein wichtiger Wendepunkt in seinem Leben, vielleicht der erste Ausgangspunkt seines späteren psychischen Verfalles.

Wir beklagen aufs tiefste das furchtbare Geschick, welches den grossen Mann getroffen, und hoffen, dass es vielleicht einer liebevollen Pflege bei absoluter geistiger Diät noch gelingen wird, den düstern Schleier etwas zu lüften, der über seiner Seele lagert.

Wenn wir das Leben Richard Wagner's, seinen Charakter und seine Werke einer öffentlichen Besprechung unterwarfen, so bewog uns dazu einerseits das wissenschaftliche Interesse, welches dieser Krankheitsfall bietet, andererseits die wohlwollende Theilnahme, die wir für ihn und seine Anhänger fühlen.

Richard Wagner ist ein eigenthümliches Phänomen seiner Zeit; das Spiegelbild, welches wir von ihm entwarfen, passt auf die ganze Richtung, welche seinen Namen trägt. Auch sie zeigt die Symptome der geistigen Zerrissenheit und psychischen Entartung, welche wir bei ihrem Meister finden; sie ist daher für den Culturhistoriker ebenso wie für den Völkerpsychologen als pathologische Erscheinung von hohem Interesse.

„Der Wahnsinn, wenn er epidemisch wird, heisst Vernunft“, sagt Jacobi. So leben auch die Anhänger Wagner's in dem Wahne, dass sie der höchsten potenzirten Vernunft folgen, dass sie die weltbeglückenden Pläne eines erhabenen Genius unterstützen und die neue Zeit anbahnen helfen, während sie in Wahrheit doch nur vom Wahnsinn angekränkelte Ideen zu realisiren suchen. Vielleicht, dass unsere Schrift Manchen zum klaren nüchternen Anschauen der Thatsachen führt und ihm den Frieden und die Genesung seiner Seele wiedergiebt, ehedenn es zu spät ist! Das walte Gott! —

Gedruckt bei Julius Sittenfeld in Berlin.